新潮文庫

謎好き乙女と偽りの恋心

瀬川コウ著

目次

謎好き乙女と偽りの恋心、

プロローグ

「……まあ、なんというか、少し言いにくいんだけど」

十月一日。学園祭の日のような暑さはすっかり忘れさられ、たまに吹く風が体温をさらうようになった。衣替えはすんでいるが、ブレザーを羽織ると暑い日もあって、僕はカーディガンで過ごしていた。

休暇明けテストの結果が返却され、一喜一憂する声が飛び交う教室を抜け、生徒会室に足を運んだ。いつものように副会長が遅れてきて、いつものように四人で、会議が始まった。クリーンアップ週間という、校内清掃に関する会議だった。一時間程度で会議は終了。如何《いかん》せん四人しかいないので、そこまで意見が割れることもない。進捗《しんちょく》はいつも通りに上々だった。

背中を反らして凝り固まった筋を解放しながら、さて今日は生徒会準備室でどの本を読もうかな、と考えているときだった。会長が、「今日の生徒会は終了」と言ったあとに、言葉を続けたのだった。

視線が会長に集まる。

「もう、皆、顔怖いって」

緊張がゆるんだ瞬間に話を始めるから、とっさのことで視線が鋭くなっていたのだろう。会長はごまかすようにへらへらとした笑いを浮かべていた。副会長の鮎川《あゆかわ》先輩はいぶかしむように視線だけ会長へと向けている。めぐみは興味があるのか、身を乗り出すようにして会長の次の言葉に耳を傾けていた。

「その……」

会長が言い淀《よど》んでいると、鮎川先輩が口を開いた。

「意見はまとまったし、提出すれば終わりだろ。どうした？」

「まあ、報告があって」

会長が、目が笑っていない笑顔を浮かべて対応した。なんだかはっきりとしない。言いにくいことなんだろう。一体何だ。そう思って考えるが、会長のことだし、大したことではないだろうと、僕はすぐに考えることをやめた。

鮎川先輩が手で払うような動作をしながら、会長から視線を逸《そ》らす。

「どうせあれだろ。また一人で全部やっちまって、俺らの仕事はしばらくない、ってやつ」

四月、備品検査の仕事が突然入ってきたとき、僕らに仕事はまわさずに、会長が学校に泊まり込んで一人で全部やってしまったことがあった。会長は、突然、生徒会での拘束時間を増やすことを良しとしなかった。僕らに気を使ったのだと思うが、鮎川先輩は、それを良くは思っていないようだった。

会長がすまなそうに眉《まゆ》を下げ、手を合わせる。

「四月はごめんって。そういうんじゃないよ」

「じゃあ、何だよ」

鮎川先輩の問いに、会長は再び口ごもる。煮え切らない会長の態度を見て、やがてめぐみが思いついたように言った。

「報告ですかー？　あ、もしかして……、ようやくですか！」

めぐみが目を輝かせて会長と僕を交互に見た。何を考えているのか容易に想像できて、僕は呆《あき》れながらも「違うよ」と否定した。

確かに僕と会長は仲が良いと思うが、付き合うことはない。僕は早伊原《さいばら》樹里《じゅり》と付き合っていることになっている。それをめぐみは知っているというのに、めぐみと鮎川先輩は、やたら僕と会長をくっつけたがる。

かに変化させた。
めぐみが唇を尖《とが》らせるが、僕を横目で見て、馬鹿《ばか》にするような半笑いへと表情を滑ら
「えー、なんでー……、あー、でもなー」

「ハルくん根性ないしなー」
「めぐみは口閉じろ。……それで、会長、どうしたんですか？」
彼女がしゃべっている限り、話が先に進まない。めぐみが一瞬で涙目になり、「ひど
い……」とつぶやく。鮎川先輩が心配そうな視線を彼女に向けるが、すぐに逸らした。
会長がほっとしたように微笑《ほほえ》む。
「……ありがと、春一《はるいち》くん」
「ゆっくりでいいですよ」
ようやく場が整った。僕ら三人は、会長に注目する。やっぱり気になった。
一か月後の生徒会選挙のことだろうか？　あれはめぐみが立候補しているから、何も
問題はないはずだ。じゃあ、生徒会で通した議題が、教師に却下されたとかだろうか。
良くある話なのだが、会長は却下されたことを僕らに伝えず、何とか通そうと奔走する。
それで大体はうまくいくのだが、どうしても通らない案もある。そうなると、口ごもる
のも納得できた。僕らは全く気にしていないことを気にして口にできない、それが会長
だ。

僕がどうやって会長を慰めようかと考えていると、会長は今までのためが嘘《うそ》だったように、すらりと言った。

「私、生徒会長、辞めるね」

……え？

会長の目をのぞき込む。続く言葉を待つ。今発せられた言葉を、確認したい。しかし、会長は何も言わず、僕らの反応を待っている。辞める、と言った。

生徒会長を辞める。その音だけが頭の中を滑って、意味や実感が伴わない。超常現象にあったかのように、自分が目の前の事実を受け入れることを躊躇《ちゆうちよ》していた。

「え、それは、どういう……」

掌《てのひら》に汗が滲《にじ》む。言葉を続けることができなかった。会長は誰とも目を合わせずに、まるで罪を告白するかのように暗く俯《うつむ》いていた。その様子が、事態の深刻さを物語っている。辞める。辞めようと思う、ではなく、辞める。

助けを求めるように、僕は他の生徒会役員に視線をとばす。めぐみは目を見張って固まっている。鮎川先輩は腕を組んで難しそうな顔をしていた。

「…………えっと」

鮎川先輩だった。いつもより声量がなく、不安げだ。

「辞めるって、生徒会長を……？」

会長は首肯する。目を白黒させていためぐみが言う。

「ど、どうしてですか！」

会長が困ったように笑い、それを返事とした。

「どうして辞めるなんて言うんですか！　私、早伊原先輩みたいになりたくて、生徒会長になろうって、そう思って……、だから、辞めないでください！」

めぐみが必死に会長を引き留めようとする。

「ごめんね。もう、決めたことだから」

しかし、会長に言葉は届かなかった。「どうして……」とめぐみが泣き出す。それを見て僕はすっと冷静になった。

ここで、引き止めなくてはいけない。

決意というのは、人に言った直後が、一番崩れやすい。誰かに言うということは、反応を期待しているということで、何と言われるか不安な面が必ずあるのだ。つまり、僕らの言葉は力を持っている。ここだ、ここを逃してはいけない。時間が経《た》てば経つほど、会長の決心は固くなっていく。

「会長」

「なに？」

会長が辞めると言い出したのには、そうとうの理由があるはずだ。まずはその決意を尊重しなくてはならない。

「来月、生徒会選挙ですが、それまで待ってもらうことはできませんか?」

十一月一日は、生徒会選挙。そこで会長は、自動的に辞めることになる。あと一か月なのだ。

「今辞めるのは、たぶん、大きな理由があるんだと思います。でも、どうかよく考えてください。今辞めてしまうのと、一か月待つのと、どちらが良いのか」

会長は首を横に振る。

「もう十分に考えたよ。私は、生徒会長を辞める。今日は校長先生忙しそうだから、明日の放課後、辞任届、出すつもり」

会長の決意は固い。焦《あせ》る。思考がめぐる。どうして。

「……せめて、理由を教えてくれませんか」

理由が分からない。昨日まであんなに楽しそうにしていたのに。会長は、生徒会が好きだった。そう思う。辞める理由なんて、どこにもない。

会長は「理由ね」と、どこかさみしそうにつぶやく。

「いろいろ、あったんだよ」

いろいろ。

そうなのだろう。人に迷惑をかけたがらない会長がこう言うのだ。僕が想像もできないような大きな理由があるのだろう。そして、それを知らない僕には会長を引き留める権利なんてない。よく考え抜いた結果が、今の会長の言葉なのだ。だから僕は、ここでは口を噤《つぐ》むのが正しい。

「……辞めないでください」

皆が驚きの視線を僕に向けるのを感じる。

僕は正しさを捨てたのだ。だから、このエゴを口にできる。これが僕の正直な気持ちだった。

「生徒会には、会長が必要です。会長がいてこその生徒会なんです。僕のわがままですが、どうか、生徒会に残ってください。……僕には会長が、必要です」

会長は僕の言葉を聞いて、心を落ち着けるように、長く息を吐き出す。そして、一層強く決意したように、僕を見据えた。

「ごめんね。……でも、これだけは信じてほしい。私は、生徒会、大好きだったよ」

「…………」

「こんな形になって、本当にごめんね」

そう言って会長は生徒会室を去っていった。

どうして。

その疑問だけが、残った。

一章

花火が中止だと　くじ屋が儲かる秘密

1

「どうする……？」

会長がいなくなった生徒会室で、めぐみがぼそりとつぶやいた。僕は立ち上がる。

「会長が辞めると言い出したことは、秘密にしましょう」

鮎川《あゆかわ》先輩がうなずく。

「ああ、まだ何とかなるかもしれない。明日の放課後に、辞任届を出すと言っていた。それまでに、何とかしよう」

辞任届を出してしまったら、簡単には後戻りはできなくなる。だから、それまでに会長の意思を変える必要があった。

誰かの決めたことをくつがえそうとするなんて、おこがましいと思う。だけど僕は、どうしても、会長が無理をしているように見えるのだ。それなら、真実を知る必要がある。

「会長が辞めると言い出した理由を調べます。鮎川先輩も、めぐみも、それぞれ動いてください。お願いします」

辞める理由が分かれば、それを取り除けばいいだけの話だ。

二人が頷《うなず》いたのを確認して、僕は足早に生徒会室を後にした。


「え？　姉さんがそんなことを……」

一直線に生徒会準備室に行き、座りもせずに、さきほどのことを全《すべ》て早伊原樹里《さいばらじゅり》に話す。早伊原はそんなこと考えもしなかったと言わんばかりに意外そうな反応をした。本を閉じ、僕を見て、真面目《まじめ》に話を聞く姿勢になる。

「何か知らないか？」

「知らないです。心当たりだってないですよ」

「家で何か様子が変だったとか、何でもいいんだ。気付いたこと、教えてほしい。何かないのか？」

早伊原は小さく息をついて言う。

「先輩、少し落ち着いてください。時間がないのは分かりますが、焦ったって、何も出てきませんよ」

「……そうだな」

僕は意識的に深呼吸し、心を落ち着かせる。早伊原の正面の、いつもの席について、足を組んだ。時間がないからこそ、冷静にならなくてはいけない。

丁寧な推理が必要だ。会長の気持ちに寄り添って考える必要がある。

まずは、現状の分析からだ。

「……会長は、たぶん、仕方なく辞めることにしたんだ」

「そうでしょうね。生徒会のことが好きだというのは本当でしょうし。家でも生徒会の話ばかりしていましたから」

好きなのに、何らかの仕方ない理由があり、どうしても会長を辞めなくてはいけなくなってしまった。そういう状況だ。

「理由を教えてくれないのは、どうしてだと思う？」

「言いにくいからでしょう」

言いにくい。そこからは様々な状況が予想される。とても一つに絞り込むなんてことはできない。これから何か考えを進めても、それは不確定になりそうだった。

「別のアプローチが必要だな」

早伊原も同じ考えなのか「そうですね」と頷く。

「……先輩は、何かに気が付かなかったんですか？」

「さっぱり分からない。会長が辞めると言い出して驚いたよ」

そう言うと、早伊原は僕の目をのぞき込む。僕の心の奥底を眺めるようなその視線は、自分自身に対して、懐疑的にならせた。

「本当にですか？」

「……。いや、そうだな」

僕は、会長が辞めると言い出して驚いた。でも、たぶん、皆よりかは驚いていない。

「正直なところ、少し、納得している部分もある」

心の深いところで「そうか」と思っている。それは、僕がどこかで、会長が辞める可能性があると感じていたからに他ならない。

僕は、会長の変化を感じ取っていたのだ。

「知っているのか、僕は。……じゃあ、思い出す必要があるな」

会長に違和感を得た最初の出来事。

夏休み。

「何か、思い出せたみたいですね」

心当たりはいくつかあった。そして、時系列で、最も遠いものを選ぶ。何度か思考を繰り返し、おそらくこれだというものに行き当たる。

夏休みの序盤。僕は早伊原樹里と夏祭りに行った。

僕が会長の変化を感じ取った最初の出来事は、そこでのことだった。

＊＊＊

夏休みまであと二日。長期休み前の最後の生徒会が終わった。休みを控えていると、議題も少なく、いつもより三十分以上早く閉会した。

たいてい、すぐに早伊原のいる生徒会準備室に行くのだが、僕はそのまま生徒会室に残り、定位置となっている自分の席で、携帯ゲーム機のボタンを連打していた。シミュレーションゲームでミスを連発してリセットを繰り返している。やり直しの際の会話を飛ばしているのだった。

生徒会室の入口方面から不機嫌そうな、女子にしては低い声が聞こえた。

「ゲームは楽しいかい？　そろそろ用件を話してほしいところなんだけど。呼び止めたのはハル、君だ。そいでいて、君はゲームをやめる気配がまったくないんだからもう手に負えないよ。断言するけど、そういう態度は人を不愉快にこそすれ、愉快にすることはまずないからやめた方がいい」

回りくどい時代錯誤の日本語を聞き流す。ディスプレイを見つめたまま答えた。

「まあ待てって。鮎川先輩に明日までに進めるように言われてるんだよ。これも生徒会の仕事の一環だ」

「仕事と私、どっちが大切なんだい？」

「仕事」

「違う」

「君」

「違う」

「そんなこと聞かせてごめんな」

「正解」

思ってもいないことを言うと、彼女が優しく微笑んだ。

正直言って、ゲームに飽き始めていた。僕は携帯ゲーム機をスリープにして、机の上に適当に放った。小さくため息をつく。

「もういいのかい？　仕事なのだろう？」

「仕事だよ。だけど、これは言い訳みたいなものだ。僕は生徒会の仕事をしている限り、マシな青春が送れるんだよ」

僕が早伊原としている約束は、生徒会の仕事が終わってから五分以内に生徒会準備室に行く、というものだ。つまり、仕事をしている限り、早伊原のもとへは行かなくていいということになる。もちろんゲームが仕事などと早伊原には言わないが。しかし理屈が通っていて、その事実は罪悪感を軽減する。

ここでようやく入口の彼女に視線をうつす。相変わらず不思議な存在感を放つやつだと思った。前髪を切りそろえ、それ以外は腰のあたりまでまっすぐに伸ばしている。髪も瞳《ひとみ》も吸い込まれそうな黒で、白い肌との対比によって、全体的にモノクロな印象だ。目立ったところはなく、日本人形のようだ。地味だが、力強さと存在感がある。

彼女は、上九一色《かみくいしき》という。

「マシな青春」

表情筋を節約するように口元だけにやりと動かし、僕の言葉を繰り返す。

「君は学業成績が良く、生徒会では求められる貴重な人材で、親友がおり、その上、可愛《かわい》い彼女がいる」

「中間テスト一位に成績のことを褒められても嫌みにしか感じないし、生徒会ではお前の方がよっぽど求められる人材だろ。それと、早伊原は確かに顔は良いかもしれないけど、一緒にいても疲れるだけだ」

「一つ目と二つ目は保留するが、彼女といると疲れる、というのは問題じゃないかい？」

腰に手を当てて、僕を責めるような口調で言う。

「上九一色。付き合いが多い君のことだ、知ってることだと思うけど、あえて言わせてもらうよ」

僕は仰々しく咳払《せきばら》いをする。彼女はいい加減立っているのが疲れたのか、僕の隣に座った。

「世の男性は、友達といるときと彼女といるときでは、友達といるときの方が楽だと思う」

これは、僕と早伊原のことではなく、一般論の話だった。そもそも僕と早伊原は、偽装しているだけで、彼氏彼女の間柄ではない。

友達といるとき、好かれようという努力や気遣いはそこまでしない。しかし、相手が恋人だと、そうはいかない。友達といるときより、気が抜けないだろう。そう思う。

「つまり君は、早伊原後輩といるときよりも、私といるときの方がうきうきしていてハイテンションでお祭り気分、今にも踊り出しそうだと」

「そこまでは言ってない」

楽と楽しいは違う。彼女といるときの方が楽しいという人は多いだろう。今は楽かという話をしていた。

「それなら私と付き合った方がいいということにならないかい？」

彼女の顔をうかがうが、別段表情を浮かべていなかった。早伊原だったらいやらしい笑みを浮かべるタイミングだ。上九一色は、僕の視線の意味をはかりかねて、首をかしげる。

「いいこと教えてやるよ。付き合うっていうのは、お互いが好きで初めて成り立つ関係なんだぜ」

『だぜ』とか君が使うのは似合わないし、気持ち悪いからやめた方がいい。それと、私はハルのこと嫌いじゃないよ」

「一息にツンデレするな。好感度が混乱する」

上九一色は僕に対して平気でこういうことを言うから困る。

「というか、上九一色、そういうこと言うのどうかと思うぞ」

「大丈夫。ハル以外にこんなこと、言わないから」

好意ともとれる言葉を放った彼女に向けて、僕は仰々しく指をさす。

「ダウト」

僕がそう指摘すると、彼女は観念したようにつぶやいた。

「……我利坂智世《がりざかともよ》を参考にしてみたんだけど」

僕は「どうりで」と返す。

「そもそも君の言うことは間違っている。私は誰といても疲れる。君といるときだけ疲れない」

そりゃあ、僕の前でこれだけ素ならば疲れないだろう。

「僕の言うことは間違っていない。つまりは、君にとっては皆が恋人。僕だけが友達。

君が尻軽女《しりがるおんな》という、ただそれだけの話だ」

実際は、上九一色が例外なだけだと思う。

「あ、生徒会メンバーには手を出すなよ？」

少し言い過ぎたかもしれないと思い、誰がみても冗談だと分かる一言を付け加える。

生徒会内での恋愛は禁止となっている。それは伝統であり、そして藤ヶ崎《ふじがさき》高校は伝統を重んずる。しかし、今年の会長はどういうわけか、生徒会内での恋愛を許可していた。

彼女は眉をひそめる。

「傷ついた」

そう言って、涙まで浮かべてみせる。その作られた涙を見て、僕は嘆息したい気持ちを抑えてこたえる。

「ごめんよ、嘘つき」

「しばらくは許そうとは思えない」

拗《す》ねたようだが、その割に軽快に喋《しゃべ》る。このまま帰られてしまっても困るので、喋りに興じるのはここまでにして、本題に入ることにした。

「上九一色、聞きたいことがある」

「やっとかい。で、何だい？　早伊原後輩と仲良くしたいという相談なら簡単だ。君が口を慎めばいい」

「残念だが、僕と早伊原はうまくいっている。僕らなりにだが」

「君のことだから、てっきり早伊原後輩のことだと思ったんだけど」

「早伊原のことだけどな」

紫風祭《しふうさい》。屋上でのことを、昨日のことのように覚えている。ふと頭に浮かんで、それからずっと離れなくなった疑問。

——本当の早伊原は、僕が知っている早伊原とは違うんじゃないだろうか？

そして、僕は、自分の認識が間違っていることを、ほぼ確信している。

彼女は自分勝手で、僕のことをまるで考慮にいれず、自分の興味のために皆の青春を壊す。そう思っていた。だけど、早伊原の推理力は本物だ。相手の考えをなぞることができるということは、相手の立場になってものごとが考えられるということで、それは思いやりに他ならない。

そこに、矛盾が生じる。

そして僕は、本当の早伊原を知ってみたかった。

だから、上九一色を呼び止めたのだ。

「なあ、君って、桐丘《きりおか》中学出身だよな？」

「そうだけど」

「早伊原樹里も、そこ出身だ」

「私の後輩だからな。もちろんそんなこと知っているが」

桐丘中学・高等学校。中高一貫校だ。桐丘中学校の生徒は、エスカレーター式で、桐丘高等学校に進むのが普通だ。しかし、そうしなかった生徒を二人だけ知っている。

早伊原と上九一色だ。

「早伊原の、中学校での様子について、教えてくれないか？」


上九一色と話が終わった後、僕は生徒会準備室に行った。早伊原はいつものように本を読んでおり、僕を一瞥《いちべつ》する。

「ネクタイ緩んでますよ」

「君に直してもらうためにわざと緩めておいたんだよ。君もスカート折れてるけど」

「先輩に直してもらおうと思って折っておいたんです」

「さっき手を洗ったばかりなんだけど」

「私もさっき、殺菌したばかりです」

そして互いに制服をただす。挨拶《あいさつ》を済まし、いつも通りに早伊原の正面の席に座り、本を読む。良いところで終わっていて、今日は本を読むのを楽しみにしていた。早伊原はまたミステリを読んでいるようで、分厚い文庫本を手にしていた。しばらく二人で本を読んでいると、彼女が口を開いた。

「先輩、付き合ってください」

「いいよ。で、別れ話をしたいんだけど」

「私たち、一秒持ちませんでしたね」

「ああ、どうしてこうなっちゃったんだろうな。思うに、君の性格に問題があったんじゃないかな。試しに欠点を挙げていきたいんだけど、この後、三時間くらい大丈夫？」

「先輩。千川《せんかわ》花火大会って知っていますか」

早伊原は表情を微動だにさせず、流れを無視した。僕は仕方なくこたえる。

「知ってるよ。確か七月二十七日だったっけ。もうすぐだな」

地元の花火大会では一番大きなものだ。去年は浅田《あさだ》と行った。

「待ち合わせは、六時に駅でいいですか？」

「……もしかして僕、しばらく意識失ってた？」

「大丈夫ですよ。さっきからしっかりしています」

会話が急に飛んだ気がするのだが。

「何を勘違いしているか知らないけど、僕は君とは行かないよ」

「花火大会は有数のデートスポットなんですよ。そして、一番目撃される場所でもあります。恋人関係を偽装するなら、ここは絶対押さえておかないといけないでしょう」

確かによく、教師陣のカップルが花火大会で目撃されて噂《うわさ》になる。目撃者を一番稼げるイベントと言っても過言ではないだろう。でも僕は、恋人関係を偽装するためではなく、普通に楽しむために行きたい。

「悪いが、浅田を誘うつもりだ」

「そうですか、でも」

早伊原が口角を吊《つ》り上げる。

「篠丸《しのまる》先輩、楽しみにしてましたよ、浅田先輩と花火大会行くの。なかなか勇気が出なくて自分から誘えないって言ってましたけど、がんばるそうです。うまくいくといいですね」

「…………」

そうだった。学園祭のあの日、浅田は篠丸杏子《きょうこ》先輩と付き合い始めたのだ。恋人がいるなら、そちらを優先してほしい。浅田を誘うことはできなくなった。

「妹と行くから。そもそも前は、妹と行ってたんだよ。毎年誘われるし」

妹、矢斗《やと》千夏《ちなつ》は、兄離れができていない少女だ。中学三年であるが、まだ僕の世話が必要なのであった。

そう言うと、早伊原は黙って携帯の画面を見せてくる。そこにはメッセージのやり取りが表示されていた。

『千夏ちゃん。春一先輩と花火大会に行こうと思うんだけど、誘ってもいいかな？』

『もちろんです！　樹里の姉貴にならい、兄を任せられますから』

樹里の姉貴って。どれだけ仲良くなっているんだ。そもそも僕は、早伊原と妹がどこで知り合ったのかさえ知らない。

「先輩。他に何か言いたいことはありますか？」

「一人で行きたい」

「じゃあ私も一人で行きましょう。会場でたまたま会うかもしれないですね。それで、何時の電車で行くんですか？」

「お前って、ストーカーの才能あると思うよ」

僕はそう言って嘆息する。

「とにかく僕は、絶対に行かないからな」

早伊原はそう言う僕を、両手で頬を包むように頬杖《ほおづえ》をついて、楽しそうに見つめる。

「絶対なんてことは、絶対にないんですよ」

どっちだよ。

2

雑踏と喧騒《けんそう》で、大変にぎにぎしい。

祭りの会場は千川沿いだった。千川の両側に屋台がずらっと並んでいて、終端の屋台を目視できないほどであった。土手にはブルーシートが敷かれ、「有料席」の看板が立てられている。人々は向かい合う屋台の間を歩き、花火の時間まで雰囲気を楽しむ。

そして僕らもその例には漏れていなかった。屋台を眺めながら、ゆっくりとしたペースで歩く。早伊原は白が基調の浴衣《ゆかた》を着ており、僕は一応、妹に言われて甚兵衛《じんべえ》を着ていた。早伊原のイメージと白が合わなくて、ついじろじろと見てしまう。

僕は結局、早伊原に丸め込まれて、祭りに来ることになってしまった。

「きゃー、先輩、お祭りって楽しいですね」

「ああ。すごく楽しいよ」

お互い棒読みした後、無言になる。

夏祭りとは、非日常の雰囲気を楽しむものである。皆、特殊な服装をして、屋台で遊び、花火をみる。日常から離れた風情《ふぜい》ある空気に酔いしれる。それが、本来の楽しみ方だろう。

しかし、そういったものを「クソみたいな青春」と斬《き》り捨てるのが早伊原樹里という人であり、そんな彼女が普通の祭りを楽しめるはずもなかった。

「……よし、じゃあ帰るか。今日は花火も上がらないみたいだし」

帰って、こっそり一人で来よう。あのすし詰め状態の電車にまた乗ることを考えると気が引けるが、青春には代えられない。

それにしても、電車は辛《つら》かった。超満員の電車に乗るなんて、いつぶりだろう。住宅街のある場所や乗り換えの関係で、この会場に来るほとんどの人は、僕ら同様、上り電車に乗る。下り側から来る客は少ない。

帰ろうとする僕の手を、早伊原は放さない。

「何言ってるんですか。花火とかどうでもいいじゃないですか」

花火が上がらないと、先ほどアナウンスがあった。千川花火大会は、県で二番目に大きな花火大会だ。県外からも客が来る。その花火が、雨でもないのに中止。アナウンスの直後は、驚きと落胆の声であふれていた。

千川花火大会の中止は、たまにあることだった。確か僕が小学生のときも、雨でもないのに中止になっている。

「花火とか、ただの光ですし。このままで十分ですよ」

早伊原が唇を尖らせる。

「心が貧しいな。花火大会に来て花火がどうでもいいわけないだろ。皆、花火を見に来たんだよ」

「視野が狭いですね。花火が上がらないなら祭りを楽しめばいいんじゃないですか」

「自分のことを考えてみろ。君、祭りの楽しみ方とか知らないだろ」

「自分のことを考えてみてください。先輩だって祭り、楽しめないでしょう」

「楽しめるよ。『今、僕、青春してるなぁ』って耽《ふけ》ったり」

早伊原が露骨に嫌そうな顔をした。「気持ち悪い」と言いたげだった。

「あとは、『皆、楽しそうだなぁ』とほっこりするとか」

「先輩から高校生らしさを感じないんですが」

「君からもまったく感じないよ」

「何言ってるんですか。私ほど高校生らしい人はなかなかいませんよ」

高校生らしい人は、人のネット閲覧履歴のスクリーンショットを妹に送ると脅したりしない。しかもその履歴のすべては、僕の携帯で早伊原が残したものであり、小説のトリックが実現可能か調べていたので、物騒なワードが頻出していた。帰宅したら、不自然に妹が優しかった。

「そもそも高校生らしさなんて、周りの押し付けた勝手なイメージですよ。私は私で楽しめばそれでいいんです」

そう言って、可愛げがなく含みのある、心底楽しそうな笑みを浮かべるのだった。それを見て、鳥肌が立ちそうになる。

「お祭りの楽しみ方を、私が教えてあげますよ」

彼女はまるで品定めするかのようにあたりを観察し始めた。

祭りは、人が集まる場所だ。人が集まれば、謎《なぞ》が起きる。その謎につられて、早伊原は来たのだ。早伊原樹里は、恋愛、友情、部活など、それら真っ当と言われる青春に、全く興味を示さない少女なのであった。

早伊原に手を引っ張られる。彼女が急に移動方向を変えたのだ。

「なんだよ」

「たこ焼きです」

屋台のたこ焼きの列に並ぶ。

早伊原は見た目以上に食べる人物だ。僕より食べることは確実だろう。その得たエネルギーはどこに消えているのか、彼女の体型は標準よりやや細めなのであった。紫風祭のときも、僕の金で食べ荒らしていた。今日も食べるのだろう。

「今日はどれだけ食べるんだか」

あたりを見回すと、食べ物ではかき氷、から揚げ、りんご飴《あめ》、ケバブなどがあった。これらを制覇するのかな、と思っていると、早伊原は「そんな食べないですよ」と言い出した。

「先輩が男らしくおごってくれるなら別ですが」

「君が女らしくなったら考えるよ」

すると早伊原があざとく上目遣いをしてくっついてきたが、僕は繋《つな》いでいる手を振り払い、距離を取った。僕らは恋人関係を偽装すればいいだけだ。あまりベタベタする必要もない。本当なら隣を歩いているだけで十分だと僕は思っている。しかし、早伊原は納得しない。以前、学校帰りに二人で買い物をしているとき、店員に兄妹に間違えられてからというもの、人目のあるところでは手を繋ぎたがるようになった。

　順番が回ってきて、早伊原が巾着《きんちゃく》から小銭入れを取り出し、三百円を握る。たこ焼きをつめながら、屋台のおじさんが話しかけてきた。

「彼女さんと彼氏さん。向こうにあるりんご飴、もう行った？　そこのじゃなくて」

　向こう、と指さすのは川の対岸だった。

「いえ、まだ行ってないですけど」

「食べたことないうまさって評判だからおすすめだよ。それに、そこより百円安いしね」

　そこ、と近くのりんご飴屋をさして、にやりと笑った。そして「まいどあり」とたこ焼きを早伊原に渡す。早伊原がほくほく顔でそれを受け取ったときだった。目の前を、少年二人がかけぬけていく。それに驚いて、早伊原がよろめいた。

「子供って背が低いから怖いです。歩いてたら蹴《け》っちゃいそうですし」

　見渡してみると、子供の姿が多い。

「先輩は小さいとき、お祭り、来た事ありますか？」

「あるよ。妹が行きたがるから。千円の小遣いをどう使うか毎年悩んでいた」

「で、全部千夏ちゃんに取られていたと」

早伊原がたこ焼きを口に放る。なぜ、こいつは矢斗家のカーストを知っているんだ。

確かに妹のために使ったが、別に取られていたわけではない。兄として、妹の面倒を見ていただけだった。年長者はそういうふるまいをするように、姉に育てられたからでもあるだろう。

その時、懐《なつ》かしいものが目に入った。

「早伊原、あれ、知ってるか？」

僕が指さした先にあるのはカタヌキの屋台だった。隣には大き目の簡易テントがあり、長机と椅子《いす》が並べてある。昔の僕はそこに座って、作業に集中したものだった。

「カタヌキですか。知っていますよ。いかに割れたものをうまく接合するかという偽造訓練ですよね。社会に出たとき役に立つことでしょう」

「昨日はスパイ映画でも観《み》たのかよ」

カタヌキとは、板状の菓子に描かれた模様を、爪楊枝《つまようじ》などを使ってくり抜く遊びだ。たいてい、途中で模様に亀裂が入ってしまう。きれいにくり抜くには、技術と運が必要だ。一枚百円で買うことができ、くり抜いた模様によって、決められた賞金がもらえる。最高額は二千円だ。

一発逆転を狙《ねら》って、小学生の頃はよくやったものだった。

「子供ばかりですね」

テントの中を覗《のぞ》いた早伊原が声を上げる。僕も中を覗く。小学生が多くいたが、中学生、高校生の姿も見えた。

「できた！」

そのとき、一人の子供が手を上げ、立ち上がる。周りの子たちはそれを羨《うらや》ましそうに見ていた。少年はくり抜いた型をそっと手のひらにのせ、テントを出る。隣の屋台にいる、カタヌキ屋に見せた。

「お兄さん、見てこれ！」

カタヌキ屋はそれを見て、笑顔で言った。

「いやぁ、おしかったね。また挑戦しな」

子供は唖然《あぜん》とし、「え、でも……」とつぶやく。その声と表情から、その型に不備がないことがうかがえた。しかしカタヌキ屋は「これで逆転できるぞ」と賞金の高い型を勧めはじめた。

僕は苦々しい思いでそれを見る。屋台ではよくこういうことがある。射的で、賞品の中に重しが入っていたり、輪投げで、直径よりぎりぎり大きい賞品が並べてあったり、ひもくじ屋で、つながっていないひもがあったり。僕も昔はよく騙《だま》されていたものだった。

早伊原に声をかけ、その場を去ろうとするも、隣に立っていた早伊原の姿が消えていた。

「へえ、カタヌキですか。今時珍しいですね」

カタヌキ屋から早伊原の、一段高い声が聞こえる。まさかと思ってそちらを見ると、やはり、彼女がカタヌキ屋に絡《から》んでいた。完成した型を見せに来た少年は、隣で縮こまっている。

「おう、姉ちゃん。やってくかい？」

「えー、私ですか？　無理ですよう。手先、器用じゃないですし」

両手を胸の前にちょこんと出して、困り顔をする。この早伊原は、年上の他人に接する場合のものだった。たまに僕のクラスメイトと、同じような感じで接している。

「いやいや姉ちゃん。小学生でもできるんだから、姉ちゃんにだってできるに決まってるって。一枚百円なのに、最高は二千円にまでなるんだから、すごいでしょ」

「ん〜、確かに魅力的ですけど……でも、本当にできるんですかー？　私、カタヌキ成功してる人、見たことないんですよ」

「馬鹿言っちゃいけねえ」

そう言って、カタヌキ屋は、さっき完成した型を持ってきた少年に目を向ける。

「ほら、この坊主《ぼうず》だってできてるぞ。お、千円じゃないか、すごいなぁ」

少年の頭を撫《な》で、その場で千円を渡した。少年はぱあっと笑顔になり、走ってその場を去っていった。早伊原はそれを見届けてから、ニイと、意地の悪い、しかしどこか上気したような笑みを浮かべる。

「でも、彼氏待たせちゃうので、遠慮しときます」

そう言って、僕のもとに駆け寄り、腕を絡める。呆然《ぼうぜん》としているカタヌキ屋に小さく会釈《えしゃく》した。

「お祭りって案外、楽しいんですね」

「君の親の顔が見てみたいよ」

上機嫌な早伊原を一瞥して、絡まった腕を引き離す。すると、早伊原がからかうような笑顔になる。

「あれー？　先輩、照れてるんですか？　私のこと、意識しちゃってるんですかー？」

「ああ、好きな人相手にはドキドキしちゃって手も繋げないよ」

そう言いながら早伊原の手をとった。本当は手を繋ぎたくないのだが、どうせ手を繋ぐか、腕を組むかになる。だったら、手を繋ぐ方がいい。

その時、カタヌキ屋から声が聞こえた。

「あ、お前、またやってんのか」

カタヌキの店番をしていた人に対し、年配の男が声をかけている。店番の近くには少年二人がおり、二人とも型を持っていた。成功したものだろう。懲《こ》りずに、再び支払いをしぶっていたようだ。

「ちゃんと全部支払えって言っただろ。ほら」

そう言って、年配の男が少年にそれぞれ、千円と五百円を支払う。店番は年配の男に謝っている。

「ありがとう、サイトーさん」

少年の一人が言った。年配の男がサイトーさんらしい。カタヌキ屋の名前の前に「斉《さい》藤《とう》商店」と入っている。普段は商店を営んでいるのだろう。

「珍しいな、あんなに支払いが良いなんて」

「そうなんですか？」

「一枚百円だからな。千円とかすぐに払ってたら、下手したら赤字だよ」

「商店をやってるみたいですから、やっぱり、悪いことはできないんじゃないんですかね。噂が立っちゃいますし」

なるほど。確かにそうだ。屋台を信頼するかどうか決める際に、僕はスポンサーの有無を必ずチェックしていた。今回のようにスポンサーがある屋台は、信頼できるのだ。

やり取りの中、ふと考える。

早伊原は、カタヌキ、やったことあるのだろうか。彼女は僕に、昔祭りに来たことがあるのか尋ねた。早伊原が僕の昔のことをさりげなく聞いてくることは、今までにも何度かあった。普通の会話だ。しかし、僕は、「君は？」と聞き返したことがない。さして早伊原に興味がなかったからだ。でも、今の僕は違う。早伊原のことを知りたいと考えていた。

「早伊原、君は、この祭りに来たことがあるのか？」

「ありますよ。主に姉と来てました」

「そうなのか。今年はいいのか？」

「春一先輩と行くと、ずいぶん前に言ってあるので大丈夫です」

僕が早伊原に誘われたのは四日前なんだけど。

「あ、その姉のことなんですが、ちょっと変なんですよ」

「変って？」

「姉は友人と行く約束をしていて、昨日まで、花火大会をすごく楽しみにしていたんですよ。それなのに、今日になったら突然、やっぱり行かないと言い出したんです」

それは確かに変だ。会長はイベントが大好きである。花火大会もイベントの一つだ。楽しみにしている姿は想像できた。何かあったのだろうか？　後輩として少し心配だった。

「代わりに、浴衣姿の人の写真をたくさん撮ってくるように言われましたよ」

忘れないうちに、と言い、巾着からデジカメを取り出し、人混みに向けて数枚の写真を撮る。

家でどんな様子だったのか尋ねようとしたとき、早伊原が僕からすっと離れた。

「おい」

声をかけるが、反応はなかった。何かを見つけたようだ。向かう先は、くじ屋だった。カタヌキ屋の真正面にある。

屋台のくじは、箱の中に厚紙が入っており、それを一枚取り、切込みからはがす。すると、中には番号が書いてあり、それに合致した賞品をもらえるというものだ。

一回三百円のようだった。さきほどたこ焼き屋で見かけた少年二人が、くじをやっている。早伊原は一歩引いたところでそれをじっと見ていた。

「よし、今度こそ当てるぞ！」

キャップを被《かぶ》った少年が、大げさに気合いを入れている。

一人の少年が言うと、もう一人の気弱そうな少年が、服の裾《すそ》を引っ張る。

「やめとこうよ、お小遣い、なくなっちゃうよ」

「でも、今度こそ、あれが当たるかもしれないし」

あれ、と指さすのは、最新のゲーム機だった。たしか四万円ほどしたはずだ。鮎川先輩に勧められたゲームソフトの中に、それでやるゲームが混じっていたことがある。さすがにそれだけのために四万円のゲームハードを買うわけにもいかず、断ったが。

気の弱そうな少年は「うん……そうだけど、当たらないかもしれないし……」とつぶやく。「そうだけど、でも、当たるかもしれないじゃん」と、キャップを被った少年は力強く言う。「当たる」「当たらない」の言い合いになり、気の弱そうな少年が泣き出しそうになったとき、早伊原が動いた。

何をする気だろうか。

「君たち、お姉さんがいいこと教えてあげよっか」

早伊原はしゃがんで、少年たちに目線を合わせる。僕と話すときよりも話し方がゆっくりで、落ち着いて聞こえる。この早伊原は、年下の他人に接する場合のものだった。以前、落とし物の謎を解いたときに見たことがある。

「あのね、当たらないってことはないんだよ。ほら、よく見て。今、くじは全部で七十二枚あるの」

屋台のくじ屋は、「当たるかも」と思わせるために、くじの全体量を少なくする傾向がある。尤《もっと》も、当たりが入っていないからこそ可能な策ではあるのだが。

キャップを被った少年が、困惑したように言う。

「そうなの……？」

早伊原はもう一人の、気の弱そうな少年に数えるように言う。少年が数え終わり、

「七十二枚」とつぶやいた。

「十回引いたら、当たると思う？」

「うーん……どうかな。七十二枚もあるのに、十回じゃ、無理じゃないかなぁ。それに、そんなお金ないよ。十回だから……三千円もするし」

早伊原はわざとらしく驚いた表情を作る。

「すごい、よく計算できたね。そう、十回引いたら三千円もするね。じゃあ、百回引いたら？」

少年たちは「えーと……」と考え始める。やがて「三万円！」と声を上げた。

「そうだね。じゃあ、百回引いたら、当たるかな？」

「そりゃあ当たるに決まってるよ。全部引けるんだから。七十二枚だから三万円も必要ないよ」

少年が早伊原を馬鹿にするように言った。早伊原はそれで機嫌を損ねるわけでもなく、笑顔で対応する。

「その通り。絶対に当たるよ。……たしか、あのゲーム機、四万円したよね？　それを、三万円以内で手に入れられるなんて、すごいと思わない？」

少年たちの目が、星を入れたように輝く。

「姉ちゃんすげえ！　そしたら、隣にあるゲーム機も絶対に当たるね！」

隣にあるゲーム機も、最新のもので、同じく四万円ほどした。

早伊原、君は一体、子供に何を教え込んでいるんだ。僕は頭を抱えたくなる。気弱そうな少年が言う。

「で、でも僕たち、そんなお金、ないよ……やめとこうよ」

不安そうな少年に早伊原は「大丈夫。貸してあげるから」と言う。祭りはスリも多いというのに、そんなに現金を持ち歩いているのか。危ないな。そう思っていると、早伊原がちらりとこちらを見る。

「あそこに立ってる、目つきの悪いお兄ちゃん、見える？」

聞こえてるんだけど。

「あの、黒いお兄ちゃん？」

気弱そうな少年が言う。黒いというのは、僕の甚兵衛のことを言っているのだろう。

「あのお兄ちゃんがたっくさんお金持ってるから大丈夫だよ。後で片方のゲーム機くれたらそれでいいの」

財布を確認する。三千円しか入っていない。しかしそれが少年たちの目にはどう映ったのか、「お兄ちゃんすげえ……」と、尊敬のまなざしを向けられる。居心地が悪い。

少年は「じゃあ」と言い、くじ屋の台に乗り出す。気弱な少年の方は「やめとこうよ」とまだ止めていた。しかし、キャップを被った少年は無視して続ける。

「くじ屋のお兄ちゃん、このくじ、七十二枚、全部やる！」

携帯をいじっていた、大学生くらいの、ピアスをした青年が「ああ？」と眉をひそめた。それに早伊原が「いいですよね？」と笑顔を向けた。一瞬、青年の顔が赤くなる。早伊原の笑顔は、意味を考慮しなければ可愛らしかった。

「というわけで、二万千六百円でこのショーケースの中身、全部もらいますね」

「ちょ、ちょっと待て……」

急なことにうろたえる青年に、早伊原は笑顔で続ける。

「何かまずいことでも？　まさか当たりがないとか？　そんなわけないですよね。そんなことしたら、詐欺《さぎ》容疑で逮捕されちゃいますからね。そう言えば、先週もくじの詐欺容疑で逮捕者が出てましたけど……いや、まさかですよね。ないですよね」

青年の顔が青ざめていく。それを見た早伊原は、すかさず、青年の耳元で何かをつぶやいた。その言葉に青年はゆっくりと頷く。早伊原はふたたびしゃがんで、少年たちに目線を合わせる。

「なんか、三百円でゲーム機くれるらしいよ。よかったね」

キャップを被った少年は喜びの声をあげる。一方で、気弱そうな少年は、気まずそうな顔をしていた。

僕は我慢できなくなり、早伊原に近寄る。キャップを被った少年は、くじ屋からゲーム機を箱ごともらい、それを抱えこむ。そこで早伊原が僕に気が付き、立ち上がった。早伊原に声をかけようとすると、気弱そうな少年が、早伊原から視線を逸らしながら言う。

「あ、あの……綺麗《きれい》なお姉ちゃん、助けようとしてくれてありがとう」

少年は顔を赤くしており、早伊原に好意的なようだった。

「いいんだよ」

そのタイミングでなぜか僕の手を摑《つか》む早伊原。気弱そうな少年がむっとした。ゲームを抱えた少年は、重いのか、よたよたとしてその場を離れていく。気弱そうな少年はそこにおり、はっとした顔で早伊原から視線を移して、くじ屋の青年に話しかける。

「あ、あの、ごめんなさい。後でまた、来ますから」

そう言って、キャップを被った少年を追いかけていった。後できちんと謝るということだろうか。

早伊原に耳打ちする。

「早伊原、いい加減に危ないことはやめろ」

屋台というのは、地元の危ない組織とつながっていることがある。そういう人に出会ってしまった場合、報復が恐ろしい。

早伊原は僕の言葉をどう思ったのか、立ち上がる。そしてくじ屋の青年に「ありがとうございました」と笑顔で礼を言った。青年は、青ざめていたのは一瞬で、今は不機嫌そうな顔をしており、早伊原を睨《にら》みつけ、舌打ちをした。早伊原の笑みが、悪魔の微笑みであることを理解したようだ。

「もういいだろ、どっか行け」

しっしっ、と手で追い払うしぐさをする。僕は軽くくじ屋を観察する。特にスポンサーは書かれていない。くじの裏に「斉」と印字してあるのが気になったが、おそらくチェックか何かをして「済」のインクが消えたものだろうと思った。

僕は早伊原の手を引く。去り際《ぎわ》に、青年がぼそっとつぶやいた。

「……まあ、今日は花火上がらないし、うちは客がたくさん入るからどうにかなるか。……それに、あいつがうまくやれば……」

その言葉が引っ掛かり、僕は一瞬、彼の方を見た。すると、僕の視線に気づいた青年は、「まずい」という表情をしてから、顔を伏せた。

「なんでもない。早く行け」

青年の言葉を聞いて、その場を後にした。歩きながら、ご満悦な早伊原に言う。

「お前な、危ないだろ」

「何がですか」

「僕なら、腕っぷしの強い友人の一人や二人、祭りに遊びに来るように言ってるだろうから」

　危ない橋だったのだ。早伊原の策がうまくいったのは、運が良かったからに過ぎない。

そう言うと早伊原はなぜかにやりとする。

「そんなこと考えつくの、春一先輩だけですよ」

「いや、そうじゃないんだって。本当に、昔そういうことがあったんだよ」

　僕が小学校の頃、夏祭りの屋台の不正を全て端から暴《あば》いて回ったことがある。大抵はサクラだった。サクラこそ、ばれにくく、屋台が辿《たど》り着くもっとも厳重な不正である。

僕はサクラを突き止め、晒《さら》しあげた。二年目で怖いお兄さんたちに武力行使されたのは言うまでもない。

　今回のくじ屋は、まだ不正に慣れていなかったに過ぎない。

　早伊原はそれを聞くと、おかしそうに声を上げて笑った。

「先輩らしいですね。……いやぁ、それにしても、良い商売ですね。ボロ儲《もう》けですよ。

私も屋台出したいくらいです」

「ああいうのはコネクションで場所とりが決まってるんだよ。部外者の君が食い込むなんて無理だ」

「大丈夫ですよ。あんなダメそうな青年ができるんですから、私ならうまくコネくらい作れます」

楽しそうにしている早伊原を見て、本当に僕の言っていることが分かったのか不安になる。いくら普通に祭りが楽しめないからって、危険な楽しみ方はしてほしくない。またしないだろうな。しかし、その不安はすぐに解消されることになる。

「……ところで先輩」

嫌な予感だった。

「はい……」

つい敬語で答えてしまう。早伊原は鼻歌でも歌いそうなほど上機嫌だった。それは、屋台の不正を逆手に取った楽しさによるものではないようで、さっきとは比べものにならないほどに笑顔が輝いていた。いつだって、彼女の機嫌と僕の機嫌は反比例する。早伊原は僕の腕に絡みつき、体重をこちらにかけながら、まるで二人だけの楽しみのようにささやいた。

「どうして花火が上がらないと、くじ屋が儲かるんでしょう」

3

「離れろ」

まずは早伊原を引き離して、さきほどまで早伊原が絡みついていた腕を軽く払う。少し強引すぎただろうか。いつもの、「意識しちゃってるんですか?」が出ると思ったが、今の早伊原の頭にそんなことはないようだった。僕が振り払ったのを気にも留めていない様子だ。

「花火が上がらないのと、くじ屋が儲かるのって、全然繋がらないじゃないですか」

早伊原が言っているのは、さきほどのくじ屋の言葉だ。

舌打ちをした後にそんなことを言っていた。

「あんなの真に受けるなよ。ただの負け惜しみだろ」

損失に対する防衛機制だ。

「そうでしょうか？　私にはそうは聞こえませんでした。負け惜しみなら、もっと端的に『別にこれくらいの損失、なんともないけど』とか言うんじゃないでしょうか」

「大体そんなようなこと言ってただろ」

「全然違います。あの人は、わざわざ条件を述べたんですよ。『今日は花火が上がらないから』と。そんな具体的なことを、負け惜しみで何の根拠もなく言いますか？」

「……」

僕はその言葉に反論することができなかった。確かに、不自然だ。負け惜しみで何の根拠もなく「今日は客がたくさん来るから大丈夫」と言うのは分かる。でも「今日は花火が上がらないから」は説明ができない。その場で出た思い付きにしては、意味が分からなすぎる。

「いや、でも……『客がたくさん来るから大丈夫』だけだと、根拠がまるでなく、いかにも負け惜しみっぽい。だから、訳分からない理由とくっつけたってこともあるだろ」

たとえ聞いていている方が分からなくても根拠を述べると真実っぽく聞こえる。

早伊原はすぐに反論する。

「そう見えましたか？　相手はすぐに舌打ちをするような、直接的に不快感を伝えてくる人間です。負け惜しみなら、もっと、こっちを煽《あお》るような感じで言うと思うんです。でも、実際は、まるで独り言のように、ぼそっとつぶやきました。私たちに聞こえることがまずいかのように、その後顔を伏せ、私たちを追いやった。……どう考えても、彼は嘘をついたとは思えません」

「……まあ」

残念ながら、言う通りである。負け惜しみならわざわざ独り言でつぶやく意味が分からない。しかも、僕らに聞かれたことを、まるで「まずい」と言わんばかりに慌《あわ》てた表情をしていた。負け惜しみである、という僕の推理は、もうそろそろ無理があった。

「……確かに、彼は嘘をついてないだろうな」

早伊原は「ですよね」と笑顔になる。

「じゃあ一体どうして、花火が上がらないと、くじ屋が儲かるんでしょう」

それは簡単には結びつきそうになかった。

「まあ、どうでもいいかな」

多少は気になったが、放っておきたい。くじ屋が儲かろうが、僕には何の関係もない話だ。それよりも僕は、今の、祭りの雰囲気を楽しみたかった。

しかし、早伊原はそんな僕を気に入らないのか、唇を尖らせる。

「分からないことをそうやって放っておくからいつまで経っても先輩は一位をとれないんですよ。生徒会で一位をとったことないのって、先輩だけじゃないですか？」

それを言われると弱い。事実、僕は、テストの総合順位で一位をとったことはない。生徒会役員で唯一《ゆいいつ》、一位をとったことがないのであった。きっと他の役員は気にしていないだろうが、僕は気にする。しかし、こんな煽りに乗るほど、僕は安くはなかった。

「関係ないね。単純に勉強が足りなかっただけだ」

早伊原はしかめ面《つら》をする。なにを言われたって、僕は一緒に謎なんて解かない。

「じゃあ、……賭《か》けますよ」

その言葉に、僕は易々《やすやす》と前言を撤回する。賭けるのならば、話は別だった。

「言ったな？」

「賭けると言った途端にその変わりよう。一体私に何をする気なんですか……？」

早伊原は目を潤《うる》ませ、僕から一歩離れて自身を抱くようなポーズをとる。一瞥して見なかったことにした。

賭ける。これは僕と早伊原の間で始まったゲームであった。賭けるものは、絶対命令権。相手に一つ、何でも命令をきかせることができる権利だ。

元はといえば僕が言い出したものであるが、これがうまく機能している。早伊原は平気で約束を破るが、絶対命令権を破ることはできないからだ。というのも、もし早伊原が破ったら、僕が破ったとしても、早伊原は文句が言えない。そうなると、絶対命令権は意味をなさなくなり、このゲームはなくなる。しかし、この絶対命令権を、お互いになくしたくないと考えている。これを使ってさせたいことだらけだからだ。結果、僕らは、これを使って命令されたことには、必ず従うのであった。

ルールは簡単だ。正解を導いた方が絶対命令権を獲得する。

要は、僕と早伊原の推理合戦であった。題材となる謎が、僕と早伊原、個々人では解くことができない難問である、というのがこのゲームの重要な部分である。

「君の方から賭けるなんて言ってくると思わなかったよ。またツインテールで一日過ごしたくなったのか？」

「先輩の語尾をかわいく装飾してあげようかと思いまして」

実際のところ、早伊原がどうして賭けると言い出したのかは分かっていた。僕がずっと保有し続けている最後の絶対命令権。それを相殺《そうさい》したいからだろう。

「もう、始めていいのか？」

「もちろんです。いつでもどうぞ」

僕らはしばらく無言になる。もっともらしい推理を考えているのだ。しかし、思いつかない。一人で考えても答えにたどり着くことはできないというのが、このゲームをする際の前提条件だから、当然だ。最初のうちは、協力するしかない。

今回の謎は「花火が上がらなくなると、どうしてくじ屋が儲かるのか」である。

「花火が上がらないというのと、くじ屋が儲かるというのには、間に何段階かありそうだな」

直接は結びつきそうにない。

早伊原は顎《あご》に人差し指を当てる。

「花火が上がらないということは、つまり、どういうことでしょうか。今日、雨の予報、ありましたっけ？」

僕はそれを否定する。花火に関しては、学園祭のあと、詳しい話を篠丸先輩に聞いたから、多少の知識がある。

「最近の花火は、機械式で、プログラムして打ち上げる。打ち上げる筒は直前まで密閉されてるから、花火玉がしけることもない。最近の花火大会は、雨で中止にはならないよ」

「なるほど。……そうなると」

早伊原は言葉を途中で止め、周辺を見回す。川の両サイドに並ぶ屋台。百メートルほど先には、橋。屋台のすぐ外側には、住宅街。

「風、ですか」

「おそらくな。体感では感じられないけど、上空では風が強いんだろう。雲の動きが速い。花火が風で流されて住宅街に行く危険性があるから、今日は中止なんだろう」

現在、花火中止の原因は、ほとんどが風らしい。篠丸先輩は、学園祭で、そこが一番難しかったと言っていた。花火を購入することは簡単だし、花火師免許は割と容易に取れるので、持っている人もいたし、機材も貸し出しがあった。しかし、安全な打ち上げ場所が見つからない、と。

早伊原は浮かない顔をする。

「上空での風が強いからと言って、何かが影響するわけではなさそうですね」

「ああ、考えるべきは『花火が上がらないと、何が起きるのか』だ」

原因ではなく、結果をつなげて考える必要がありそうだった。

「花火は八時半からの予定でしたね。先輩は、花火が上がらないとどうしたくなりますか？」

「そうだな、……帰りたいかな」

そう言うと、早伊原は意外そうな顔をして僕を見た。

「え？　私と来ているのにですか？」

だからこそ、という思考はないのだろうか。一応、僕だけに適用される話ではなく、一般論として口にした。

「花火が上がらないなら、皆、花火の時間まで待たずに、帰るんじゃないのか？　花火の上がる八時半まで残っている必要がない」

僕らは六時半頃にやってきた。電車は乗車率百パーセントを超えていそうなほどの混みようだった。そのことを考えると、皆、六時半あたりに来ていると考えてもいいだろう。

「皆、適当に二時間くらい屋台をぶらついて、帰るだろ」

「先輩、もうすぐ七時半です。人はあまり減ったように感じませんよ」

「待て、話が飛びすぎて分からない」

早伊原は思考が速いので、急に話が飛ぶことがある。ついていけることもあれば、今回のようにさっぱりのこともある。

「花火大会に来るには、直接、徒歩や自転車で来る方法や、車や電車、バスで来る方法があります。まずバスですが、ここは駅から歩いて十分ですし、本数も九十分に一本ほどで非常に不便なので、バスで来ている人は少ないでしょう。徒歩や自転車で来るのは、ほ家が近い中高生が多いと考えられ、しかし直接来ている人の総数は全体から見たら、ほんの少しだと思います。そして、家族連れは車で来ることが多いと思いますが、ここは市街地です。数百台をとめられる駐車場はない。花火大会のチラシにも、公共交通機関を使うように書かれていました」

　早伊原が早口で説明する。

「つまり、この花火大会に来ている人で一番多いのは電車で来ている人だと考えられます」

「……それで？」

「来るとき、物凄《ものすご》い人でしたよね？　つまり、帰りは反対側、下り方面が混むことになります」

　この花火大会の人の多くは上りの電車で来て、下りの電車で帰る。だから何だと言うんだ。

「しかし、下り電車は、七時半から九時半の間の二時間、住宅地直通のものは一本もありません」

「え……？　いや、いくら何でもそれはないだろ」

　都会に比べて交通の便が悪く、もともと電車の本数も三十分に一本くらいだけど、二時間もあくなんてこと、さすがにない。

「いいえ、今日のダイヤは特別編成です。花火大会用なんですよ。上りは増えましたが、その代わりに下りが少ないんです。一時間に一本、住宅地まで行かない、区間限定運行のものがありますが、使い辛いですね」

「……あぁ」

なるほど。それでさっきの発言に戻るわけだ。

花火大会からスムーズに帰るには、七時半か、九時半の電車に乗る必要がある。もうすぐ七時半で、駅へ向かわないと、七時半の電車に間に合わないような時間だ。それなのに、ほとんどの人がまだ会場にいる。つまり、僕が言っていた、「二時間くらい屋台をぶらついて帰る」ということができないというわけだ。六時半に来て二時間経っても、八時半だ。次の電車まであと一時間余る。

「あと、二時間、会場の人数は大きくは動かないわけだな」

「そう考えられますね」

「それは……何と言うか、飽きるな」

六時半から、九時半まで大半の人がここにいるとする。屋台は一時間もあれば十分にすべてを回れる。これだけで三時間を潰《つぶ》すのは、工夫が必要だろうと思った。

「そんなことないですよ。ほら、まだまだ食べたりないです」

そう言って、早伊原はりんご飴の屋台に足を向ける。先ほど、たこ焼き屋のおじさんに紹介してもらったところだった。

「普通のりんご飴じゃないですか。なにが食べたことないうまさ、ですか」

早伊原がりんご飴をじゃりじゃりと咀嚼《そしゃく》してから言う。僕は焼きそばを頰張っていた。

休憩を提案し、僕らは土手に座って屋台の食べ物を楽しんでいた。あと二時間帰れずに歩き続けるとなると僕の足も辛いし、早伊原は下駄なので、鼻緒で足を痛めてしまうだろう。

「そんなにお勧めするほどの物でもないですね。先輩も食べます？」

僕が早伊原の足元を見ていると、りんご飴を差し出された。

「べたべたしてて、あんまり好きじゃないんだ」

そう言うと、早伊原は首をかしげる。

「今更間接キスとか恥ずかしがらなくてもいいんですよ？」

「今更って何だよ、別に僕ら、進展とかないだろ」

「進展してますよ。嫌がらせの規模とか」

「それ、後退だから」

りんご飴を食べ終わった早伊原がぐいっと伸びをする。

「じゃあ推理、再開しますか」

僕は心の中で舌打ちをする。せっかく普通に夏祭りを楽しんでいたというのに。

でも、賭けているのだしやるしかない。花火が上がらなくなると、どうしてくじ屋が儲かるのか。せめて推理を一段階進めたい。

「花火が上がらないと、夏祭りに飽き始めるってことでいいのか」

「ですから別に飽きないですって。ただでさえ学生が多いんですから。好奇心旺盛《おうせい》ですよ」

早伊原が推理を語り始める気配はない。僕もここで詰まっている。

「……食べたりないので、何か買ってきますね。先輩も何か買いますか？」

まだ食べるのか。りんご飴を買った後、かき氷と綿あめ、からあげも買い、先にそれらを食べていたのだが。

「僕はもういらない。推理が行き詰まったからってやけ食いするなよ」

図星なのか、早伊原の動きが一瞬止まる。

「先輩こそ手詰まりなんでしょう？」

まあ、その通りだ。

この勝負、僕はどうしても勝ちたい。僕が持っている絶対命令権。これを保持する必要があるのだ。早伊原に一つ権利を許したら、僕が何か言ったとしても、相殺されてしまう。

別に僕はこれで嫌がらせをしたいわけではない。僕が一つ権利を持っているという状況を維持したいのだ。僕が優位ならば、早伊原は復讐《ふくしゅう》を恐れて、度を越えた悪戯《いたずら》をしにくいだろう。実際、効果がないような気もするのだが、でも、脅す材料にはなる。

同様に早伊原も、自分が不利な今の状況から脱したいと考え、絶対に負けたくないと思っている。だからここで何も口にしないのは、本当に推理が行き詰まっているからだろう。

「じゃあ、何か買ってきますね」

早伊原が立ち上がる。

「おい、本当に行くのかよ。君ほど食べる人なら、三時間ずっと屋台にいても、大丈夫……」

ここで僕は、とある考えに行き着く。

「先輩、どうかしましたか？」

僕は勝ちを確信し、笑わずにはいられない。早伊原が僕の顔を見て、眉をひそめた。

「まあ、座ってくれ」

早伊原はいぶかしみながら言われた通りに元の位置に座る。

「なあ、早伊原、六時半はラッシュだったよな。その時間に来る人たちは、晩御飯を食べていると思うか？」

「いえ、食べてないでしょうね」

「僕もそう思う。屋台で晩御飯を済まそうと思うからだ。それも祭りの楽しみ方だからな。そのために、食べ物系の屋台は多くある。今日もたくさん売れただろう。たぶん、七時あたりが一番売れるんじゃないかな？」

早伊原は「そうでしょうね」と頷く。僕が何を言おうとしているのか、まだ気が付いていない様子だ。

「君はたくさん食べるから気が付かないかもしれないが、普通の人は、二、三品食べたら、もう腹が満たされる。つまりだ。七時を食べ物系屋台のピークとしよう。それから時間が経つにつれ、次第に売り上げは下がっていく。皆、食べ物はもう十分だからだ。もう祭りを満喫したし帰ろう、と思っても、電車の時間がそれを許さない。屋台で時間をつぶす必要がある。……じゃあ、何をするか」

屋台には大きく分けて二種類ある。食べ物系と、遊び系だ。

「皆、遊び系の屋台をやるようになる。今まで見向きもしていなかったくじをやるかもしれないいな」

「なるほど……。つまり、花火が上がらなくなったことにより、暇になった人たちは、食べ物ではなく、遊びをする。その遊びにくじも含まれている。それによって、花火が上がるときよりも、上がらない日の方が売り上げが伸びる、と」

僕は頷く。

「僕の勝ちみたいだな」

勝利宣言をしても、早伊原に焦った様子はない。彼女は、ただ純粋に疑問を口にするかのように、さらりと言った。

「でも、それだけのことで、四万円の損失をカバー仕切れるとは思えません。単純に考えても、百三十四回遊んでもらわなきゃいけないんですよ？　それだけで、くじ屋は、あんな発言をするでしょうか」

「え？　いや、まあ……」

摑みかけた勝ちが遠くなる。

「遊び系の屋台には、ほかにもいろいろあるでしょう。例えば、カタヌキ屋とかです。そこも競争対象ですから、ただ遊び系の屋台に入る絶対数が増えたからと言って、四万円をカバーするのは難しいでしょう」

早伊原が続ける。淡々と言われるたびに、ぐさりと心に突き刺さる。自分の抜けた部分を再認識させられる。どうせなら、いつもみたいに僕を馬鹿にしてくれた方が楽だ。

「……君の疑問はもっともかもしれない。でも、他に何かあるのか？」

一縷《いちる》の望み。これで仮の提案がなかったら、僕の推理で妥協してもらおうと思っていた。しかし、それを許す早伊原ではない。

彼女は俯いて、ぼそぼそと独り言をつぶやく。

「逆から考えて……くじをやる年齢層、その層の行動……立地……」

しばらくして彼女は何かを思いついたように顔を上げ、勝ち誇ったいやらしい笑顔で僕を見る。僕はただ、推理のヒントを与えてしまっただけのようだった。

彼女の次の言葉は、重ねて言えるほど完全に予想できた。

「分かりましたよ、春一先輩」

4

「絶対命令権は、私のものですね」

「それは君の推理を聞いてからだ。穴があるかもしれないだろ。屋台のことに関しては、人よりも詳しい自信がある」

屋台の不正を暴き歩いた過去は、伊達《だて》ではないはずだ。

「そこまで言うなら、答え合わせに向かいましょうか。その途中で、私の推理を話しますよ」

僕らは立ち上がり、対岸のくじ屋に向けて歩き出す。

「先輩の推理は、惜しいところまで来ています。私の推理は、先輩の推理の延長線上にあります」

「いいから話してくれ」

推理の穴を、何が何でも見つけてやる。

「くじをやる年齢層ってどれくらいだと思いますか？」

「……メインは小学生から、高校生くらいじゃないか。景品がゲームハードだったし」

実際にくじ屋では、小学生二人組を見た。

「私もそう思います。それを踏まえた上で聞いてください。先輩の言うように、遊び系の屋台の客が増えるというのは確かでしょう。でも、遊び系と言ってもいろいろありますよね。金魚すくい、輪投げ、射的、くじ。それらの値段ってどれくらいだと思います？」

くじは三百円だった。遊び系は景品があるものが多く、その関係で、少し割高だ。

「……大体、三百円くらいか」

「そうですね。おそらく、学生にとって、むやみやたらに何回も払える金額ではないでしょう。先輩、何円使うつもりで持ってきましたか？」

「交通費も含めて、二千円だけど」

「では仮にそれで考えましょう。交通費を抜いて約千五百円。食べ物で六百円使ったとして、残り九百円。遊び系を三回やったら終わってしまいますね」

「十分過ぎるほど楽しめるだろ」

「本来ならそうでしょう。しかし、今回は、花火を見ていたはずの時間も潰さなくてはいけません」

「だからこれでは足りないと？」

早伊原は首肯する。しかし、それに納得がいかない。

「確かに、資金不足を感じるかもしれないが、それも見越して使えばいいだけじゃないのか」

早伊原は微笑む。

「それでもいいです。資金不足を感じ、それを見越して使う。つまり、より安く、長く楽しめることに使う、ということです。お金に対して、時間が余る」

「まあ……そうだな」

「それに適した屋台が一つだけ、ありますよね？　時間はかかるが安く、ひょっとすると、資金が増えるような屋台です」

「……カタヌキか」

推理に頷く。早伊原が言うように、祭りの時間が長くなればなるほど、カタヌキ屋の需要は高まると考えて良い。百円で、型を抜くという比較的長く楽しめる遊びであり、しかも、資金を増やせる可能性がある。資金不足を感じ、暇を持て余している学生がやりそうだ。

「サイトーさんは支払いも良いようですし、あそこは人気の屋台です。なおさら子供が集まりますよね」

「確かにカタヌキ屋は儲かるだろう。だけど、それがくじ屋とどう繋がる？」

早伊原は、よくぞその質問をしてくれた、と言いたげににんまりと笑顔を作った。

「先輩は、屋台を出すにはコネクションが大事だと言いました」

確かに言った。屋台を出せるかはコネクションで決まっている。早伊原みたいな人が食い込めるはずがない、と。

「くじ屋での一件をよく考えてみました。店にいるのは私たちより数歳上なだけの青年。もしかしたらただのバイトで、店番をしているだけ——と、普通はそう思いますが、あれは違うでしょう。くじ屋は、彼が管理している屋台です」

早伊原は言い切る。

「先輩は私に忠告しましたよね？」

運が良かっただけだ。あの店は、不正に慣れていないんだ。

「くじ屋は、今まで不正を暴かれるようなことがない、経験の浅い店です。不正そのものも、すぐに見破れるような甘いものでしたし。別にオーナーがいたとして、その人は経験が浅いオーナーであり、そんな人が、自分もよくわかっていない店のことをバイトに任せるとは思えません。青年が管理している。それは間違いないと思います」

早伊原が自信あり気に口角を吊り上げる。僕はそんな彼女を否定する。

「それはおかしい」

「今日の先輩は、やたらと嚙《か》みついてきますね……」

早伊原は推理を途中で止められたことがおもしろくないようで、唇を尖らせる。スルーするわけにはいかない。絶対命令権がかかっているからだ。

「青年は、花火が上がらないとくじ屋が儲かることを知っていたんだ。最近で花火が上がらなかったのは、確か五年前だ。それを経験しているんじゃないのか」

「先輩、人の推理は最後まで聞くものですよ。とりあえず、話を続けますね」

彼女に焦りは見えない。きっと、この疑問は既に解決しているのだろう。

「続きです。どうしてそんな、私たちとそこまで歳《とし》の変わらない青年が、コネクションがないと出せない屋台を出すことができたんでしょう？　先輩の疑問もそうです。青年は、どうして花火が上がらないとくじ屋が儲かることを知っていたんでしょう？」

「………」

青年が屋台を出せたのは、コネクションがあったからだ。それはおかしい話ではない。花火が上がらないとくじ屋が儲かることを知っていたのは、そのコネクション先から聞いていたから、そう言いたいのだろう。

それと、どう繫がる？

花火が上がらず、腹は満たされ、残り少ない小遣いで時間を潰さなくてはならなくなった子供たちが、カタヌキ屋に集まる。

カタヌキ屋は支払いが良く、人が集まる。

ここで、一つ、思考が引っかかる。支払いが良い。僕はこれを疑問に思った。早伊原にも言った。あの支払いの良さは本来ならあり得ない。ひょっとしたら、赤字になる可能性もある。

全ての疑問が解消される。

「……そうか」

「分かりましたか？」

早伊原が満足そうな顔をしている。

「それでは、答え合わせをしましょうか」

ちょうど、カタヌキ屋とくじ屋がある場所に来た。

あぁ、やっぱりか。

くじ屋には長い列ができていた。小学生、中学生が多い。目の前を通りながら、くじ屋を見る。そこにはゲームハード二つが目立つように飾られていた。それらが一等と二等のようで、三等であるゲームソフトはなくなっていた。くじ屋の青年が言う。

「はい、残りくじが少ないよー！　一等と二等は未《いま》だ出ず！　今がチャンス！」

早伊原に袖《そで》を引っ張られる。彼女はカタヌキ屋に注目していたようだ。カタヌキ屋を見るように視線で促される。カタヌキを成功した子供が、型を持ってきたところだった。

「はい、五百円だね。五百円の現金か、もしくは、三百円のくじを二回引ける券、どっちがいい？」

子供は、券を選ぶ。それを受け取って、向かいのくじ屋の列に並んだ。

僕らはくじ屋とカタヌキ屋を通り過ぎる。

「……分かりましたか？　くじ屋とカタヌキ屋は協力関係にあるんです。というか、くじ屋はカタヌキ屋の大本、斉藤商店の屋台でしょう。先輩も見ましたよね？　くじの裏にある、『斉』のマーク。あれはカタヌキ屋のサイトーさんと無関係ではありません。先輩はカタヌキ屋の支払いが良いことを疑問に思っていましたが、くじ屋によって、その支払いもできるだけ回収していたんですよ」

これは、サイトーさんの策略だろう。

「商店を営んでいるサイトーさんは、支払いを良くするしかない。もし文句をつけて支払わなかったら、商店にまで悪い噂が立つことになりかねないからです。でもそのまま支払い続けたら、赤字になってしまう。それを阻止するために考え出したのが、くじ屋のシステムなのでしょう。花火が上がらないときに、より多く人が入ることを知っていたサイトーさんは、くじ屋の青年に花火が上がらなかったらチャンスだと伝えていた」

だから青年は、経験が浅く見えるにもかかわらず、五年前のことを知っていた。

「皆をくじ屋にひきつける。くじを引きたいがお金がない子供に、カタヌキをやらせる。失敗したらそれまで。成功しても、現金を支払わなくても良く、外れのくじを引かせて終わり。そういうシステムを作ったんです」

カタヌキ屋の目の前にくじ屋があるのも、わざとだろう。

「…………そうか」

早伊原が僕の顔を覗き込んでくる。僕の様子がおかしいことに気が付いたのだろう。

「あれ？　どうしたんですか？　悔しいんですか？　そうですよね。自分が正解したと思ったら、決定的なヒントを与えただけだったんですもんね。私の間違いを探してたみたいですけど、それも見つけられないんですから。でも大丈夫ですよ、そんなダメダメな先輩、可愛いですから」

テンションの高い彼女の言葉を「はいはい」と流した。僕は悔しかったのではない。ただ、見知った影を、遠くに見つけたから、そちらに意識を奪われていただけだ。

早伊原が踵《きびす》を返し、カタヌキ屋とくじ屋の方へと向かおうとする。僕は彼女の腕を摑んで引き留める。

「何しようとしてるんだよ」

「そりゃあ、不正を暴きに」

「……どうやって？」

「くじを買い占めます」

さっきと同じ方法だ。それならいいか、と思う。推理をくじ屋とカタヌキ屋に披露するわけではなくて良かった。

「じゃあトイレ行ってくるから、戻ってくるまでに終わらせとけよ」

早伊原が残念そうに言う。

「えー、先輩、私の勇姿を目に焼き付けないんですかー？」

「君はいつでも勇ましいだろうが」

そう言って、僕は早伊原とは反対方向に歩く。見知った影の方向だ。早伊原がくじ屋に乗り込むのを確認してから、トイレ付近にいた少年に声をかける。

「よう、何してんの」

「あ、……さっきのお兄さん」

気弱そうな少年だった。僕と目を合わせてはくれない。

「トモキがトイレに行ったから、ここで待ってる」

トモキというのは、キャップを被った少年のことだろう。二人はくじ屋で見かけ、早伊原が助けてあげた子供たちだった。

「さ……僕の彼女、何してると思う？」

早伊原と言おうとして、名前の説明が面倒なのでやめる。僕はくじ屋の方を指さす。

少年はくじ屋にいる早伊原の姿を見つけたようで、驚いた表情をした。

「さあ……？」

少年の顔に、焦りの色が浮かぶ。子供は分かりやすくていい。

「三等のゲームソフト、当てたの君なんだってね」

「………」

こんなハッタリにも、疑わずに、黙り込んでしまう。

「二等もそのうち当てに行くのかな？」

もうこれ以上言う必要はないだろう。彼の表情を確認すると、泣きそうになっていた。

少し言い過ぎたか。

彼らがもらったはずのゲーム機は、再び景品として飾られていた。それを見て、すべての状況を把握した。

早伊原の推理には、穴がある。彼女は、カタヌキをやって、くじをやる、というように推理展開していたが、それはそもそもおかしい。くじ屋にそこまで惹《ひ》かれる理由がないからだ。ある程度、遊び系の屋台が繁盛《はんじょう》することで、そこは良しとしたのだろうか。

しかしそれは真実の全てではない。欠けている。

くじ屋に注目させるイベントが必要なのだ。

例えば、カタヌキ屋に人が集まってきたところで、三等を当てさせ、大騒ぎする、とか。あそこのくじ屋は当たるのだ、という認識を子供たちに植え付ける。一等と二等がそのうち当たってしまうかのように言う。そうして、意欲を煽る。

早伊原が助けたあのとき。キャップの少年がくじをやろうとするのを、気弱そうな少年はずっと止めていた。僕はそれを不自然に思っていた。

くじ屋の青年と、気弱そうな少年は知り合いなのだろう。最初からサクラを頼まれていた。それなのにいざ当日、一緒に来た友人が、そのくじ屋にはまってしまったのだ。挙句の果てに、早伊原が来て予想外に賞品を手に入れてしまう。再びゲーム機が並んでいたということは、気弱そうな少年は何とかして、キャップの少年から賞品を取り戻したのだろう。

くじ屋に注目を集めるためには、三等を当てるサクラが必要だ。彼はそれをやったのだ。泣きそうな彼の隣にしゃがんで言う。

「……いい？　僕の彼女はある種の嘘が嫌いなんだ。嘘にはいろいろある。その中で、彼女が嫌いな嘘は、偽物を本物だと見せかける嘘なんだ」

少年は泣き出し、震え、目をこすった。

「ごめん、なさい……」

「いいよ、大丈夫。彼女には秘密にしておくよ。次から気を付ければ、それでいい。誰でも間違えることはあるからね」

泣きじゃくる少年を、どこか微笑ましい気持ちで見ていた。

＊＊＊

僕が会長の行動に違和感を覚えたのは、早伊原との短い会話でだ。

『あ、その姉のことなんですが、ちょっと変なんですよ』

『変って？』

『姉は友人と行く約束をしていて、昨日まで、花火大会をすごく楽しみにしていたんですよ。それなのに、今日になったら突然、やっぱり行かないと言い出したんです』

そして早伊原は浴衣姿の人の写真を撮るように言われていた。これだけだ。しかし、この日から僕は、会長を注意深く観察するようになった。

生徒会準備室。一通り花火大会のことを思い出して顔を上げると、早伊原と目が合う。

「何か、思い出せましたか？」

「ああ。……僕と千川花火大会に行っただろ？　そこで、君は、会長が急に花火大会に行くのをやめた、と言っていたよな」

「言いましたね、そんなこと」

「行かなくなったときの詳しい状況を教えてほしいんだ」

あの時はタイミングが悪く、聞くことができなかった。

早伊原は思い出すように視線を斜め上にずらす。

「浴衣の着つけは、いつも交代でやっているんです。私が先に着つけしてもらったので、姉の着つけをしようとすると、『私は行かないから大丈夫』と。理由を尋ねると、『勉強する』とのことでした。別に落ち込んでいる様子ではなく、『これも受験生の性《さが》だね』とか言って笑っていましたよ」

その様子は想像がつく。会長が落ち込んでいる様子なんて、見たことがないからだ。

「それは、おかしいな」

「そうですね」

会長は、当日、行くのをやめにした。勉強をしなければならないことなんて、前から分かっていたはずだ。勉強の予定が遅れていて、その日もやらなくてはいけないことになった、とかだろうか。

それもおかしいように思う。

前日まで楽しみにしていたのだ。勉強の予定が遅れてきているのなら、前日には、行けないかもしれないと考えていそうだ。

「花火大会当日、何かがあった。そう考えるのがよさそうだな」

「そうなるでしょうね。でも、姉はその日、ずっと家にいました。何かが起こる隙《すき》なんて、なかったように思いますが」

「会長はその日、誰とも話してない？」

「部屋に閉じこもりがちでしたが、そんなことはないですよ。私とは着つけのときに会話してますし、そういえば、母親とも話してましたね」

母親。すぐに姿が思い浮かぶ。早伊原が年を重ね、髪を伸ばしたような姿。早伊原同様、見た目は清楚《せいそ》そうなのに、やたらと突っ込んだ話をしてくる。お喋りな母親。

僕は夏休みに、早伊原の両親に会った。

「どんな話をしていた？」

「大したことじゃないですよ。姉の体をいたわるような会話でした。姉は『大丈夫、心配しないで』と笑顔で応対していました」

何の変哲もない会話だ。外からみた会長の様子は、いつも通りだった。普通の生徒会長で、普通の早伊原家の長女で、普通の先輩だった。

では、なぜ、前日まで楽しみにしていた千川花火大会に行かなかったのか。どうして、来月に生徒会選挙を控えたこの時期に生徒会長を辞めると言い出したのか。

僕が思っている会長が、どこか本人とズレているから——。周りから見て普通でも、会長にとっては大事件だということがあったのかもしれない。

だったら、それを突き止めなくてはいけない。

早伊原の両親と会った、生徒会合宿。そこにヒントが隠されていそうだった。

会長が辞めると言い出したこと。それは、今も僕の心をかき乱している。会長の身に何があったのか。辛いことなのだろうか。そう思っただけで、息が上がる。

自分の感情をコントロールしなくてはいけない。このままだと、どうにかなるものも、どうにもならなくなってしまう。

もっと、会長に寄り添うべきだ。会長のことを考え、会長の気持ちにならなくてはいけない。

会長が辞めると言い出したのは、今日だ。そして、会長の変化を感じ取ったのは、夏休みの初め頃――千川花火大会の日に何か問題が発生したことは確かだ。その問題が今日に至るまでに成長した、と考えるのが自然だ。

だったら、問題発生から今日までの会長の様子を、丁寧に思い出していけば、必ずヒントがある。絶対に、僕の頭の中にある。会長が辞めると言い出したことにどこか納得している自分がいた。それが根拠だ。僕は会長の変化を無意識に感じ取っていた。

さあ、思い出せ。

生徒会合宿のその日、会長は幽霊が出たと言った。

閑話　生徒会の日常1

　生徒会準備室で早伊原樹里と過ごした。彼女は先に帰ったために、僕が戸締りをする。生徒会準備室の鍵《かぎ》を職員室に返しに行くと、生徒会室の鍵がまだ返されていないことに気が付いた。鍵は教頭先生の机の後ろにズラリと並んでかけてあるのだ。

　職員室の時計で時間を確認すると、十八時だった。


　生徒会室を開けると、座っていた会長が飛び跳ねた。

「わあっ！」

　机の上のプリントが何枚か落ちた。

「座ったまま飛び跳ねるなんて、結構器用なんですね」

　生徒会室の中に入り、扉を閉める。彼女は一番奥の机に座っていた。机にべったりと体を預ける。手にしているプリントから察するに、事務処理を一人でやっていたのだろう。

「机の裏に膝《ひざ》打った……」

「それはかわいそうですね」

「心がこもってない！」

会長が机にうなだれたまま、非難の表情を作って顔だけこちらに向ける。

「今日の生徒会は終わりだと、会長、一時間前くらいに言ったじゃないですか。僕を騙した罰ですよ」

「いや、まあ、それは……」

会長がしらばっくれるように僕から視線をそらした。僕は会長に近づき、視線を無理やりに合わせる。

「急な仕事なんですか。いいですよ、一緒にやります」

「いや、丁度終わったところだから大丈夫」

机の上にあるプリントが収まっている箱から、一枚取って眺めた。

「あぁ、部員数の確認のやつですか。まあ、これくらいの量なら二人でやれば一時間で終わるでしょう」

「無視するなんて……、なんか春一くん、今日、冷たくない？」

「怒ってますから」

もちろん冗談だ。冷たく当たっているのは、会長が一人で仕事を抱えようとしたことを反省してもらいたいからで、本気で怒っているわけではない。

しかし、会長は真に受けたようで、「どうしよう」と小さくつぶやき、おろおろとし出した。

「大丈夫ですよ。書類を半分お供えしたら、怒りも収まりますから」

その言葉で僕の態度が冗談だと気が付いたようだった。

「なんだ、変な冗談やめてよね」

「僕が怒ったの、見たことありますか？」

「……そう言えば、ないかも」

そうだろう。僕が怒ったのは、高校に入ってから一度もないように思う。あの早伊原樹里にも怒らないのだ。会長に怒るはずがない。我ながら、自分は心が広いのだと自負している。

「あ、でも、不機嫌になることはあるよね？」

「え？　僕がですか？　ないですよ」

「絶対あるって。皆言わないけど、分かるよ？　あ、今日、春一くん不機嫌だなって」

「そんなことないと思いますけどね……。まあいいです。とにかく、書類、半分ください」

会長は観念したようで、僕に書類を渡す。でも、どう見ても、半分より少なく思えた。

「会長」

「なに？」

素知らぬ顔で、書類に目を通している。僕はそれをゆっくりと取りあげて、僕の方を向かせる。

「……会長」

「ああ、もう分かったよ。……はい」

そう言って書類を渡す。これで半分くらいになっただろう。僕は自分の席につき、書類を読み始めた。すると、会長がぽつりと言う。

「なんか春一くん、樹里に似てきたなぁ……」

「…………」

僕が湿り気を含んだ視線で会長を見つめていると、僕の視線に気付いたようで、慌てて否定した。

「あ、いや、嘘だよ。冗談だから」

「……はい」

会長がさっきより小さな声でつぶやく。

「……春一くん、不機嫌になった」

「…………」

「いや！　嘘だよ。本当に」

会長が何かをかき消すように、手を前で出して激しく振った。

二章

会長が出くわした幽霊の秘密

1

今日は登校日で、昨日まで休みであったことが嘘のように普通に授業が行われた。いつもと違うのは、教室に気だるげな雰囲気が漂っていたのと、先生の話が少し長いくらいだった。

早伊原《さいばら》との約束は、今日も例外ではなく、僕は放課後、生徒会準備室に向かった。早伊原は既におり、花の世話をしていた。

「今日も呼び出すとか、実は、お前って友達いないのか？」

「律儀《りちぎ》に今日も来るとか、案の定、先輩って友達いないんですか？」

あいさつをかわした後に、お互い、本を読み始めた。早伊原は僕の知らない本格ミステリ作品を読んでいて、僕は部活の青春ものを読んでいた。しばらくすると、ふと思い立ったように早伊原が本から顔をあげ、口を開いた。

「あ、そういえば、先輩」

「断る」

早伊原が「そういえば」で話を始めるとき、それは良からぬ内容であると経験則で知っている。とりあえず話を聞いてから断ろう、などと思っていてはだめだ。彼女の話を聞いた時点で、それは既に断れない状況になっているからだ。だから、話を始めようとした瞬間に断る必要がある。

「いいんですか？　明日の生徒会合宿のことなんですけど」

「あぁ、そうなのか」

普通に連絡だったようだ。嫌な予感もたまには外れる。できれば毎回外れてほしい。

生徒会合宿というのは、何やら毎年開催されている伝統ある合宿らしく、生徒会役員が一堂に会して、夜通し、今後の学校運営や、長いスパンでの企画など、普段は行えない高尚な議論を行うというものである。つまり、泊まりで遊ぶ、ということだ。

生徒会合宿は明日、明後日であった。場所は、会長の家だ。早伊原樹里《じゅり》の家でもある。

ちなみに、泊まりで何をするのかは、聞かされていない。会長からは「まだ秘密」と言われていた。気になるところではあるが、あの会長のことだ、無理なことは言わないだろう。このときの僕は安心しきっていた。

早伊原は、姉である会長から何か伝言を頼まれていたようだった。

「明日の集合時間、六時半になりました」

会長からは八時と聞いていた。

「そうなのか。夕食は食べていった方がいいのかな」

「いえ、うちで用意しますから大丈夫です。合宿に、夕食も加わったと考えてください」

「了解。六時半に早伊原の家な」

明日は両親の帰りが遅いから、妹と一緒に夕食を食べる予定だったけれど、作り置きかな。妹、不機嫌にならないといいのだが。まあ、もう中学三年生だし、さすがにないか。

「じゃあお兄ちゃんが二回夕食食べればいいじゃん」

次の日、妹と一緒に夕食を食べられない旨《むね》を伝えると、そう言われた。僕にその発想はなかった。馬鹿と天才は紙一重なのかもしれない。

「馬鹿だろ」

もちろん、妹の場合は馬鹿の方であった。

「は？　馬鹿って何。なんかお兄ちゃん、生意気なんだけど」

「生意気の意味を辞書で引け。お前の代名詞だから。何様なんだよお前」

「妹様だけど」

「こっちは兄様なんだけど。でもまあ……仕方ないな、いいよ、分かったよ。じゃあ、味噌汁《みそしる》だけ飲んでくわ」

「やった」

妹が小さくガッツポーズを作る。

妹の夕食に付き合い、洗い物を済ましたあとにうちを出た。住所は前もって会長から教えてもらっていた。早伊原家と僕の家は、同じ駅の周辺にあり、自転車で二十分ほどで行ける距離だった。大体の位置は知っていたが、行くのは初めてなので、たまに携帯でマップを開きながら、会長の家に向かった。

早伊原家はいわゆる高級住宅街にあるようだった。親が花屋の社長なのである。どの家にも車庫がついている。マップを頼りにしばらくうろつく。五分もしないうちに、それらしい家を発見した。前を通っただけで、早伊原家なのだと思った。なぜなら、つる植物のアーチがあったからだ。広い庭の中は、歩けるようにレンガで道が作られていて、その両脇《りょうわき》にガーデニングがなされていた。一応表札を確認する。思った通りに早伊原だった。自転車置き場を使っていいと聞いていたので、そこに自転車を駐輪する。もう他のメンバーは来ているのだろうか。

インターフォンを鳴らす。なかなか出てこなかった。腕時計を確認すると、六時二十五分。人の家を訪ねるときは少し遅れて行くべきだったか。確か今日は会長の両親は仕事で遠くに出かけているとかで、いないはずだった。ということは、夕食の準備は会長が行っているのだろうか。そう思うと俄然《がぜん》、楽しみになってくるのであった。

「はーい」

インターフォンから聞きなれない声が流れてきた。中年の女性のように思えた。混乱しながらも名乗る。

「えっと、矢斗《やと》ですけど」

「あ、はーい、お待ちしてました。どうぞ、上がって」

声音で、にやにやしているのが分かる。すぐに、さきほどインターフォンで会話したであろう女性がドアを開いた。一目見て早伊原樹里の母親だと分かる。外見が、大人になり髪を伸ばした早伊原樹里、というイメージだったからだ。

両親は出かける直前だったのだろうか？　化粧をばっちりしているし、服装が煌《きら》びやかだった。ちょうど、間が悪いときに来てしまったのかもしれない。

広い玄関で靴を脱ぎ、居間であろう空間に通される。食卓には既に料理が並べられていて、そこに、早伊原の父らしき人と、早伊原樹里が座っていた。早伊原の私服を、浴衣を除けば初めて見た気がする。胸の部分にリボンがあしらってある白のワンピースを着ていた。部屋着ではなさそうだ。その飾り気の少ないシンプルなデザインは、早伊原の端正な顔立ちによく似合っていた。早伊原の父らしき人は、僕に気が付くと立ち上がる。
「娘たちがお世話になっているようで。いつもありがとうね」
ぺこぺこと頭を下げているこの人が『隣の町の花屋さん』の社長だ。しかし、外見に
は「社長」というイメージはなく、人当たりの良さそうな普通のおじさんだった。僕は
慌ててあいさつを返す。
「あ、いえ、こちらこそ。二人にはいつもお世話になっております」
樹里の方にお世話になっているかどうかは疑問だったが、社交辞令なので気にしない
ことにした。
「お話は、食べながらにしましょ。冷めちゃうし。あ、春一《はるいち》くんは樹里の隣ね」
「あ、はい」
一番奥の席に通される。早伊原と一瞬目が合った。彼女はニヤァ、といつもより深く、
黒い笑みを浮かべる。それを見て確信する。
はめられた。
集合時間の変更は、本当はなかったのだ。僕だけが早く呼ばれた。その理由は分から
ないが、ろくな理由であるはずがない。そうでなければ、僕に嘘をつく必然性がないか
らだ。思わず顔をしかめる。誰かに確認すればよかった。聞いたのが前日だったし、誰

かと一緒に来るわけでもないので、確認はしなかったのだ。そもそも僕は、あまり連絡を取りたがらない性格なので、生徒会役員と頻繁にやり取りすることはしない。

しかし、今思えば相手が早伊原だったのだから、もっと警戒していてもよかった。

「さ、春一先輩、座ってください」

作り笑顔と分かるそれを僕に向けてくる。

「早伊原、後で話がある」

僕が張り付けた笑顔でそう言うと、彼女はおおげさに首をかしげた。

「『早伊原』……？　ああ」

そして、わざとらしく何か思いついたように、目を見開く。

「お母さん、先輩が後でお母さんに話があるみたい」

「ちょっ、あ、いえ、違います。ほんと、なんでもないですよ」

ここは早伊原家であった。早伊原母が流れを理解できずに、「あらあら、仲良さそうね」と笑みをこぼす。早伊原を横目で見下ろすと、楽しげな笑顔が返ってきた。

早伊原が僕を早くに呼び出したのには目的があるはずだった。僕はそれを推理したかったが、当たり前のように食卓での話題の中心は僕であったために、考える隙はなかった。

「もう、樹里ったら、春一くんがこんなイケメンだなんてちっとも言わないんだから。ごめんなさいね、この子、あんまり家で学校の話しないのよ。聞くと話すんだけどねぇ」

ほとんど早伊原母が喋っていた。父はにこやかに見守りながら、せっせと食事をしていた。僕は早伊原母に応対していて、あまり食事に手を付けられてはいなかった。そもそも緊張であまり味も分からないからいいのだが。

どうやら僕は、四月から早伊原の恋人ということになっているようだった。親に対しても偽っているとは知らなかった。さすがにそれはどうなんだ。僕は心に引っ掛かるものを覚える。

「樹里って学校でどんな感じなの？　やっぱり春一くんの前だと少しキャラ違ったりするのかしら？」

「お母さん、あんまり変なこと聞かないでよ」

早伊原が母の言葉に反応する。そう言いながら、僕の顔を見て、うっすらとした、意味ありげな笑みを浮かべる。母が、「樹里ったら照れちゃって」と言う。しばらく間が空いて、僕に視線が集中した。

「さ……樹里は、元気で、いい子ですよ」

変な方向に元気で、嫌な感じに頭のいい子ですよ。

「気に入ってくれてるのね。春一くんみたいなしっかりした人なら、樹里も将来安泰ね。なんだかお母さん、ほっとしたわ」

「はあ……」

まだ僕のこと、好きな食べ物と好きな本くらいしか知らないのにほっとされてしまった。僕の「体質」のことや、僕の過去を聞けば「ほっとした」なんて言葉は出てこないだろうに。その齟齬《そご》に歯がゆく感じたが、早伊原母の表情を見て、安堵《あんど》の気持ちがあるのも事実だった。

「ちょっと、いくら何でも気が早いよ」

早伊原はそう言いながら、ちらりと僕を見る。細かく瞬《まばた》きして、僕に何かを訴えてくる。

「あ、あはは」

笑っておく。何を言えばいいのか分からなかった。親御さんの前でこれを肯定するのは、嘘である手前、申し訳ない気がするし、否定しても「それってどうなの？」となるからだ。早伊原のことだし、僕を困らせるのが目的かもしれない。

この状況は精神的摩耗が激しかった。早伊原の意図をくみつつも、早伊原の親に対して気を遣う。一つでも何か間違ったらそれがボタンの掛け違いのように、矛盾を生み出しそうだった。ため息をつきたい気持ちを押さえていると、しばらく黙っていた早伊原父が口を開いた。

「ほら、春一くん困ってるじゃないか。その辺にしてあげなさい。食事も進んでないでしょう。これ食べなさい」

早伊原父は慣れた手つきで料理を取り分けてくれる。

「ありがとうございます」

早伊原父の好感度が急上昇した瞬間だった。早伊原母と、早伊原はその様子をにやにやしながら見ていた。反省の色はない。僕は何だか気まずくてつけっぱなしのテレビに目をやる。そこでは放火事件のことを取り扱っていて、アニメの影響に言及していた。早伊原母が「そんなアニメ作品もあるのね、怖いわ」とつぶやき、何故かテレビを消した。

またいろいろと突っ込まれると困るので、僕はずっと気になっていたことを聞いてみることにした。

「そういえば、会長は、どうしているんですか？」

僕が座っている席は、会長の席なのだろう。今日が合宿日だというのに、会長の姿が見えないのはおかしかった。

早伊原母が苦笑してこたえる。

「ごめんなさいねぇ。顔出すようには言ったんだけど……あの子、勉強してるのよ。それで、きりの良いところまでやってから夕食食べるの。今日から合宿でしょ？　だから夜の分の勉強まで今やってるのよ」

「受験生ですもんね」

「がんばるのはいいことだけど、親としてはやっぱり心配ね。跡は継がなくてもいいから、とは言ってあるんだけどね。そりゃあ、継ごうとしてくれるのは、私たちは嬉《うれ》しいけど。お父さんなんか、昔は『絶対継いでほしい』とか言ってたもんね。今じゃ丸くなったけど」

意外だった。会長がここまで詰めて勉強していることと、会長が花屋を継ごうとしていること。それらを僕は少しも知らなかったからだ。でも、受験生というのは全員これくらい詰めるのが普通なのかもしれないし、家のことなんてよっぽどのことがなければ後輩になんて話さないだろう。そう思って納得することにした。

「家のことなんか話してごめんなさいね」

早伊原母は、どこか心配そうな表情でそう言った。

夕食が済むと、「あまりお構いできずにごめんなさい」と、早伊原の両親は出かけて行った。やはり、明日の仕事のためらしい。元から夕食を家で食べてから出発する予定だったのだ。残された僕と早伊原で、洗い物をすることにした。自然と僕が洗い、早伊原がふくという分担になった。鼻歌交じりで楽しそうに食器と戯《たわむ》れている彼女を一瞥する。

「で、早伊原」

「お母さんを苗字《みょうじ》で呼び捨てにしないでください」

「悪かった。なあ、人間失格」

「お父さんの悪口言わないでください」

それ、悪口言ってるの君だからな。

先ほどの好感度上昇もあり、早伊原父のことを悪く言うのをとがめようとも思ったが、今は疑問を解決する方が先だ。

「どうして僕を早くに呼び出したんだ」

早伊原はこちらも見ずに、さも当然のことをしているかのように言った。

「花火大会の日、先輩、『親の顔が見てみたい』って言ってたじゃないですか。先輩の望み通り見せてあげたんですよ」

確かに言ったけれど……。本当に僕に嫌がらせをしたいだけだったのか。早伊原ならそれがあり得たが、今回は腑《ふ》に落ちなかった。

早伊原の嫌がらせは、僕を完全管理下に置いたものばかりだ。携帯の着信音を女児向けアニメのオープニングにするとか、ロッカーを瞬間接着剤で固めるとか、比較的単純で、僕が何をしようとも早伊原に逆襲できない類《たぐい》のものだった。しかし今回は違う。母に対しての僕の返答次第では早伊原に嫌がらせをすることも可能だった。それをしなかったのは、そのときの僕の気分としか言いようがない。

本当の目的は、別にある気がした。

「私も楽しかったですし、先輩も楽しそうでした。いいじゃないですか」

「早伊原が楽しかったのは、僕の反応を見てだろ……。確かにめったにない経験をさせてもらったけど、割りと気まずかった」

僕は彼氏ではない。早伊原に恋愛感情だって持っていないのだ。それなのに、親に彼氏として紹介され、一緒に夕食とか、気まずい以外のなにものでもない。

「大丈夫ですよ。母は、私が本気で恋をするなんて、思っていないでしょうから。明日私たちが別れたとしても、『あら、そう』って感じだと思いますよ」

「そうなのか？」

早伊原はどこか冷めた表情で言う。

「お遊び程度に思っていますよ。両親にとって私は、いつまでも小学生くらいの『子供』に見えているようですし。そんな子供が恋だの愛だの言っても真面目に取り合ってもらえません。恋人というよりは、仲の良い異性程度の認識でしょう。いろいろ質問してましたけど、社交辞令ですから、本気にしないでください」

女性が相手だと、どこまでが本気で、どこまでが社交辞令なのか、いまいち分かりかねる。

「だったら、親にまで偽る必要あるのか？　僕が彼氏だって」

「母が心配するので。学校生活が充実している分かりやすい基準として、彼氏の一人くらいいた方がいいんですよ」

「おい、今すごい数の人を敵に回したぞ」

むしろ、彼氏がいることで心配する親の方が多いと思うけれど。特に僕と早伊原は、四月から、つまり、出会った直後に付き合ったことになっている。そんな付き合い方をしたら、親は心配するものだ、というのが僕の認識だ。

「……あぁ」

そこで、早伊原が僕を早めに呼んだ理由に思い至る。

親を安心させるためなのかもしれない。

きっと、親は、心配する気持ちもあり、早伊原樹里がどんな人物と付き合っているのか、気になっていたに違いない。夕食時の発言からも、早伊原母は、僕のことを、早伊原に聞いていたようだし。早伊原はそれを煩《わずら》わしく感じて、一回会わせればすべて解決――、と思った。

確かに、僕を騙して親に会わせる機会は、今日くらいしかなかったかもしれない。それを早伊原に確認しようと口を開きかけたとき、チャイムが鳴った。生徒会の誰かが到着したのだろう。

「あとは私がやっておくから大丈夫です。ソファにでも座っていてください。先輩は、さっき着いたってことにしてくださいね」

確かに、一人だけ先に来て家族と夕食をとっているというのは、言うと面倒なことになりそうだった。僕は頷く。早伊原が玄関に迎えに行き、玄関の方で「あなたが樹里ちゃん！　初めまして」と聞こえてきた。声からして、到着したのはめぐみのようだった。ちゃんと初めましてのあいさつとかするんだな、と思っていると、めぐみが居間に入ってくる。

「いえーい！　いっちばん乗りー……じゃない」

拳《こぶし》を振り上げようとしていた彼女は、僕を目端にとらえて、肩を落とした。

「ハルくん早くない？　まだ集合時間の十五分前なんだけど」

「家が分かんないからな、遅れると困ると思って家を早く出たら、早く着きすぎた」

僕がそう言うと、早伊原がすかさず口を開く。

「私と早く会いたかったそうですよ」

「えっ……、ハルくんってそういう感じのことする人なんだ……意外と乙女なんだね」

あはは、と乾いた笑いを頂戴《ちょうだい》する。「えっ……」あたりのトーンが本気だった。

「早伊原に早く呼ばれたんだよ」

嘘ではない。

「先輩、照れないでくださいよ」

「早伊原こそ、照れなくていいんだけど」

お互い、笑い合ってこそいるが、早伊原の視線には意地の悪い鋭さが潜んでいるし、僕は口元がひきつっていた。

「ちょっと、目の前でいちゃつかないでよ」

めぐみがうんざりしたように言う。僕と早伊原はそれで言い合うのをやめた。正直止めてもらえてほっとした。めぐみが辺りをキョロキョロと見回す。

「あれ？　会長は？」

「部屋です。呼んできますね」

早伊原が二階に上がっていく。めぐみが僕の隣に座り、ふう、と一息ついた。

「にしてもこの家おっきいねー、見た？　大きな車庫あったよ」

「花屋の方、景気良いんだろ」

めぐみが部屋をぐるりと見回して、うっとりとした表情を浮かべて言った。

「いいなぁ。こんな素敵な生活、してみたい」

「どうせお前は、十日もすればすべてに慣れて、素敵な生活だなんて思わなくなるよ」

彼女は僕を横目に見て顔をゆがめた。

「そんなんだからハルくんは友達いないんだよ」

「心配どうも。でも、友達にはこんな態度取らないから大丈夫」

「ふーん……」

めぐみはそう納得しかけて、ぐりん、と勢い良くこちらに顔を向けた。

「ちょっと！　それ、私のこと友達じゃないって言ってるでしょ！　ひっどい……」

彼女が眉を吊り上げ、猛抗議する。僕の肩をはたこうとしてきたのでかわした。手に勢いが乗っていたので、彼女は僕の方につんのめってくる。そのままめぐみはソファに倒れこんだ。しばらくフリーズしていたので、どうしたのかと思い、顔をのぞき込むと、涙目になっていた。

冗談が過ぎたか。早伊原といつも話していると、どこまでも冗談で済まされてしまうから、他の人をいじるとき、加減が難しくなるのであった。

「僕とお前の仲は、友達なんてもんじゃない。さながら親友だろ。そういうことだよ」

めぐみは起き上がって、きっ、と僕を睨んだ。

「よくも思ってないことがペラペラと口をついて出てくるね」

「大丈夫、お前も負けてない」

「ハルくんのそういう意地悪なとこ、嫌い」

僕はめぐみのことが嫌いなわけではない。これが、めぐみのキャラクターなのである。彼女もこういう扱いを望んでいる。

しばらくそんなやり取りを続けていると、ふと、めぐみが言った。

「瑞人《みずと》が来るのは、たぶん、約束の時間の十分後くらいかな」

瑞人、というのは、副会長のことだ。鮎川《あゆかわ》瑞人という。めぐみは僕と同じ学年で、先輩のことを下の名前で呼び捨てにするのは不自然に思えるが、二人は付き合っているので普通のことだった。

「鮎川先輩、約束に遅れずに来たことあるのかよ」

「んー、どうだったかな。でも私、そういうの気にしないから大丈夫だよ」

「へえ。まあ、慣れればそんなもんか」

僕は、早伊原が連絡なしで遅れたらやっぱり気にすると思う。

「上九一色《かみくいしき》は気にすると思うけど」

というか、それだけで一日不機嫌になりそうだ。そう言うと、めぐみは笑って「そうだね」と頷いた。

そのとき、後ろに早伊原樹里を引き連れて、会長が下りてきた。ぐいーっと伸びをしてから、あいさつをする。

「いやー、お待たせ。鮎川はいつも通り遅刻ね」

学校指定のジャージを着ていた。僕らには普段着を持ってくるように言っていたが、会長はどう見てもいつもの部屋着ではない。めぐみが口を開く。

「ゲームがきりの良いところまで進まないいんじゃないんですかねー」

「ま、いつものことだね」

会長がそこまで確認したところで、なぜか早伊原が僕の隣に座る。早伊原は生徒会役員じゃない。今日は生徒会合宿なのだから、生徒会役員以外がいるのはおかしい。僕の視線に気が付いたのか、会長が言う。

「妹も参加ってことで。皆と仲良くなる機会だし、いいでしょ？」

めぐみが「いいでーす」と声を上げる。僕は隣の早伊原を横目で見る。早伊原が身を乗り出して上目遣いでねだるように僕を見ていた。あざとい。いやです、と言いたかったが、会長の提案なので断るわけにもいかなかった。

しかし、なぜ人員を補充する必要があるのだろうか。

「会長、今日は何をするんですか？　まだ聞いていないんですけど」

会長は、よくぞ聞いてくれました、と言わんばかりに、したり顔をした。そして、皆の期待の視線を一身に浴びながら、皆を見回して、言った。

「肝試しだよ」

それを聞いた瞬間、早伊原が真顔になるのを、僕は見逃さなかった。

　しばらくすると「遅れてわりい」と、鮎川先輩もやってきて、今日参加する全員が揃《そろ》った。早伊原が「今日はやっぱり、皆さんの邪魔をするといけないので……」などと言っていたが、僕が「皆に気使うなよ。僕も皆に樹里のこと知ってもらいたいし、いい機会だと思うんだ。鮎川先輩もいいですよね？」と、阻止した。

　会長は皆を車座にさせ、部屋の電気を消した。

「誰か、怖い話、知らない？　肝試し前に、雰囲気作っておきたいんだよね。鮎川、なんかない？」

　姿が見えない中、鮎川先輩の声がこたえる。

「そうだな……買ったばかりのアニメブルーレイを再生しようとしたら、再生機器が壊れて、二度と取り出せなくなった話とか……」

「確かにあんたにとっては怖い話だろうけど、もっと幽霊とか、そっち系で。めぐみは？」

　めぐみはあごに人差し指を当てて少し考えた後に言った。

「夜、寝ようと思って、電気を消してベッドに入ると、コオロギの鳴き声が聞こえてきて……どうやらそれが部屋の中からだったんです。電気をつけて探しても見つからず、でも、消していざ寝ようとすると、すぐ近くから聞こえるんです」

虫が苦手な僕にとって、怖すぎる話だった。しかし会長にとっては微妙だったようだ。

「……うん、分かったわ。春一くんは何かある？」

いつもなら流れで思いついた適当な話を思いつくままに話していただろうが、今日はしっかりとこたえたい気分だった。

隣に早伊原の気配を感じながら、暗闇《くらやみ》に向けて話を披露する。

「これは去年の話です。僕には姉がいて、去年、大学生になりました。それで一人暮らしをするということで、引っ越しの手伝いに行くことになったんです。両親は仕事だったので、僕だけで。姉は、こう言っては何ですが、非常に安いアパートを希望してまして……着いたらそりゃあ、ボロかったです。しかし姉は気に入っているようでした。荷物を運び入れていると、ふと、壁に小さな穴があいてるのを見つけました。こういうってあるんだな、と思い、好奇心で覗き込んでみると、ただ赤色しか見えませんでした」

早伊原が息を飲んだ音が聞こえた。

「引っ越しの手伝いは一日では終わらず、姉の部屋に泊まりました。次の日に、やっぱり穴が気になって、また覗いてみたんです。でもまた、ただ赤色なだけで。姉にも見てもらったんですが、『赤いね』と言うだけでした。僕はもう一日泊まって、手伝いました。三日目も、その穴を覗きました。ただ赤いだけ。変化はありません。引っ越しの荷物があらかた片付いたので、大家さんにあいさつして、帰ることにしました。そこで大家さんに、壁に穴があいてることを報告し、埋めてもらうように言っておきました。そして別れ際、好奇心で、聞いてみたんです。『隣には、どんな人が住んでるんですか？』って。すると、大家さんはこう言いました。『目の赤い人が住んでますよ』と」

話し終えたのに、誰も反応することなく、居間は静寂で包まれていた。

こういう話を期待していたのではなかったのか。静寂に不安になっていると、やがて、めぐみが声を上げた。

「ちょっと、ハルくん……、それはヤバいでしょ……鳥肌立ったんだけど。さすがにお姉さん、引っ越したよね？」

「いや、えっと……」

こういう類《たぐい》のものは、作り話というのがお約束だろう。そもそもこの話は、昔、姉が僕を怖がらせるためにした作り話である。しかし、そう言ったらおもしろくなくなってしまう。怪談話を語る上でのマナーだろう。

「矢斗、お前ってたまにこういうことするよな……」

鮎川先輩が僕を軽蔑《けいべつ》するような声をあげた。たまにっていつだ。こういうことってなんだ。

「……雰囲気作りはばっちりね」

無言だった会長が、ようやく口を開く。声音が弱々しかった。早伊原にいたっては、気配すら感じない。

「会長、とりあえず電気つけましょ！」

めぐみの提案で、会長が電気をつける。めぐみは明らかにおびえた様子で、自身の肩を抱いていた。鮎川先輩は嫌そうに眉根をひそめて僕を見ており、会長は電気のスイッチがある場所で力ない笑みを浮かべていた。早伊原は張り付けた笑顔のまま硬直していた。

もちろん、怖がらせるために話したのだが、ここまで効果覿面《てきめん》だとは思わなかった。

「じゃあ、早めに終わらせよっか。神社に移動ね」

会長が「エイエイオー」と小さく掛け声をかけるが、それに乗っかったのは、僕だけだった。皆で玄関に移動する。「この空気でマジでやるんすか……」とめぐみがぶつくさ言いながら靴を履き、玄関の外に出た。残っているのは僕と早伊原だけだ。僕が靴に履き替えているとき、僕の後ろにいた早伊原が小声で言った。

「先輩、あの、私、ちょっとお手洗いに行くので、先に行っててもらえませんか？」

立てこもりの宣言だ。

僕は早伊原の手を握り、繋いだ。それから少し身をかがめ、目線の高さを彼女に合わせてから、にっこりと笑顔を作る。彼女が希望に満ちた目をする。それを見て満足した僕は、できうる限り優しそうな声でこう言った。

「肝試しなんてすぐに終わるから大丈夫だよ」

肝試しを行う神社は、ここから歩いて十五分ほどの場所にあるらしい。そこへ向かって、前から、会長、鮎川先輩とめぐみ、僕と早伊原の順番で歩いていた。住宅街を抜けると、田園が広がる場所に出た。街灯が少なく、ほとんどが暗闇に包まれている。カエルがうるさいほどに鳴いていて、あまり離れると話も満足にできそうになかった。視覚と聴覚が同時に奪われると、思った以上に緊張する。

「許しませんからね」

そのとき、恨めしそうな声がすぐ隣から聞こえてきた。思わず体がびくりと反応する。声の主は、早伊原樹里だった。僕を睨《ね》め上げながらも、その表情には不安の色が浮かんでいた。繋いでいる手も、たまに小さく震える。早伊原を逃がさないために、ここまでずっと手を繋いできていたのだった。

「僕だって、遡《さかのぼ》ればいろいろと君のこと許してないからな」

「絶対命令権まで使ったのに」

玄関で、僕に強制連行されそうになった早伊原は、絶対命令権を行使してきた。

しかし、玄関にいた時点で、僕も一つ持っていたので、早伊原が行使した絶対命令権を、僕の持っている絶対命令権で相殺し、今に至る。

「手、離してください」

今、手を離したら、彼女はダッシュで家に帰りそうだった。

「ヤだよ。君との唯一のつながりを感じられるのがこれだから」

「その口説き文句、素敵ですね。鳥肌立ちました。で、気持ち悪いんで手離してください」

そんなありふれた言葉で僕を傷つけられると思っているのだろうか。

「一番後ろで誰にも見られないように手繋いでるとか、いかにも初々《ういうい》しいカップルっぽくて良いだろ。僕らは恋人関係を偽装してるんだし、必要なことだよ」

「こういうときだけ恋人関係の偽装に積極的になるのやめてください。いっつも全然協力してくれないのに」

いつもの早伊原より感情が表に出ている気がする。今回はよほど余裕がないらしい。少しやりすぎてしまったかな、と後ろめたく思っていると、早伊原が自分の首筋を人差し指でトントンと指しながら言った。

「それに、キスマークつけてる初々しいカップルとかいないですから」

僕は反射的に自分の首筋を押さえる。後ろめたい気持ちは霧散した。

二日前の放課後、生徒会準備室でうたた寝していると、首筋の痛みで目が覚めた。早伊原が僕の首筋をつねっていたのだ。それは小さく、しかし濃い痣《あざ》となって残った。そのとき、早伊原がやたらニヤニヤしている意味が分からなかったが、帰宅して、妹の引いた表情で「何かおかしいな」と思い、「首筋の痣　意味」で検索した結果、意味を知ったのだった。

「これ、許してないからな」

痣を隠さなくてはいけないので、夏だというのに襟が高い服しか着られないのだった。万が一、人目に触れてしまったときのことを考えて絆創膏《ばんそうこう》で隠しているが、これが余計に、怪しさに拍車をかけている気がしないでもない。

「先輩が小説のネタバレするからいけないんですよ」

早伊原が読んでいる推理小説の話を僕にしたので、僕の考えを述べただけだった。僕はそれを「はいはい」と受け流す。この類の言い合いは鶏が先か卵が先かの議論と何ら変わりはない。

意識を前に戻すと、鮎川先輩とめぐみがこちらをうかがいながら、何かを話していた。どうせ「またいちゃついてる」とか言っているのだろう。まあ、そう見えないと、早伊原的には困るのだろうが。会長はさらにその前で、携帯をいじっているようだった。光が漏れている。神社の位置を確認しているのだろう。会長は地図が読めない上に方向音痴なので、GPSで方向を確認しつつ歩かないと、すぐに迷子になってしまう。会長も怖がっていたし、一人にするのは忍びなかったが、僕は早伊原の面倒を見なければならなかったので、仕方がないとあきらめた。

しばらくして、神社に到着した。遠目には林のように見えるこの神社は、背の高い木に囲まれており、日中でも境内は薄暗い。学問の神様を祀《まつ》っている神社で、初詣《はつもうで》では参拝者が長い列を作る。地元では有名だった。境内には街灯はひとつもなく、暗闇に包まれている。入口から社までは一直線なのに、見えなかった。

真っ赤な鳥居の前で、僕ら五人は足を止める。会長がこちらに振り返った。

「ルールは簡単。私があらかじめ社に置いといた札を取って、戻ってくる。それだけだよ」

社までの往復なら十分もかからないだろう。

「で、組み分けだけど、鮎川とめぐみは決定でしょ」

ペアでやるのか。……いや、おそらく会長は、最初からペアでやる予定ではなかったはずだ。僕らは五人。奇数だ。ペアを作ると必然的に一人余る。そうなると都合が悪い。しかし、わざわざ早伊原樹里を加入させ、五人にしたのは会長自身だ。当初は一人で行って帰ってくることを考えていたに違いない。しかし、ここに来て怖くなって、咄嗟《とっさ》にペアと言い出した。僕はその可能性が濃厚だと思っていた。

続いて会長は、僕と早伊原をペアにしようとするだろう。そうなると、会長が一人になってしまう。もしかしたら別の理由でペアと言い出したのかもしれないが、会長が怖くなったという可能性も消せない今、会長を一人にするのはかわいそうだった。

「僕は会長と――」

僕がそこまで言いかけると、早伊原が僕の耳元で言った。

「先輩、私と組んでください」

僕はとりあえず、手を前に出し、会長に、少し待ってほしい旨を伝える。

早伊原に「会長が一人になっちゃうだろ？　空気を読んでくれ」という意味合いの笑顔を向ける。すると、彼女から「私がこういうのが苦手だと知っているのは春一先輩だけで、他の人には死んでもバレたくありません」という趣旨の笑顔が返ってきた。

学園祭のとき、僕と早伊原はお化け屋敷に入った。その様子から、早伊原が、ホラー系が苦手だということを僕は知っている。

考える。このまま僕が強引に会長と組むということにすると、早伊原の報復が恐ろしい。ただでさえ今は、無理やりこの場に引きずり出してきているのだ。これ以上、恨みを買うのは得策とは言えない。言い返しの切れ味が鈍くなるほどにダメージを負っているようだし。しかし、会長を一人にするというのは、あり得ない選択肢だった。僕は、いざとなれば早伊原など打ち捨てて会長のもとへと走る人間だ。

だからといって、無理やりどちらかを選ぶ必要だってないのであった。

「じゃあ、一人余っちゃいますし、会長と僕と早伊原、三人組みにしましょう」

会長がほっとしたような安堵の表情を浮かべた。それを見て、会長が怖がっていたのだと確信する。これですべて解決だ。誰の文句が出ることもなく、丸く収まった。そう思ったときに鮎川先輩が声を上げた。

「待て。こっちは二人でそっちが三人なのは不平等だろ」

意外なことだったので、一瞬思考が止まる。皆が納得できるような組み分けだったはずなのだが。

「三人の方が怖くないのは明らかだろ？　ゲーム的におもしろくない。くじとかの方がよくないか？」

そうかもしれないが、別にそこまで気にしなくても、と思う。しかし、鮎川先輩の言うことも一理あるし、そもそもこういう状況を作り出した僕がいけない。責任をとるのは、やはり僕だろう。

「わかりました。じゃあ、僕が二回まわりますよ。早伊原とも、会長とも組みます」

それで満場一致となり、肝試しの組み分けが終わった。

最初は、鮎川先輩とめぐみのペアが行き、戻ってきた。めぐみが鮎川先輩の服の裾をちょこんとつかみながら、暗闇に消えていく。見えるのは、二つの携帯の光だけとなった。光の後ろになっている二人の姿は見えない。

十分ほどで二人は札を持って戻ってきた。めぐみが涙目になっていたが、彼女はひょんなことからいつも涙目になるので何も情報は得られなかった。それより、鮎川先輩がうつむいて多くを語ることはなかったことから、本格的に怖いのではないかと、僕は思い始めたのだった。

次は、僕と会長の番だった。二人でそれぞれ携帯のライトをつけて、歩き始める。

会長は僕のすぐ隣を歩いており、しきりに僕に話しかけてくる。

「最近、春一くんって、休みの日、何してるの？」

「読書かゲームです」

「そっか。春一くんって、理系にするの？　文系にするの？」

「文系です」

「うん。春一くんって、最近、何か欲しいものとかある？」

「特にはないです。……会長、大丈夫ですか？」

何かの面接のような質問攻めに、不自然さをおぼえる。おそらく会長は、周りの状況を考えないように何かずっと話していたいのだろう。

「もちろん大丈夫よ。仕掛けたのは私だし、この神社、来た事もあるし」

会長の強がりは、いつものことだった。僕は別段、それに切り込むことはしない。後輩として、先輩をたてる必要があるからだ。

「そうですよね。平気じゃなきゃ、肝試ししようとか言い出さないですよね」

「そうね」

それにしても、ここまで分かりやすい会長の強がりは、初めて見た気がする。家にいるときから、あまり怖がっているという雰囲気を外に出そうとしていなかった会長だったが、これではまるわかりである。

僕もまったく怖くないわけではない。もともと怖いのはあまり得意ではない。しかし、自分以上に怖がっている人がそばにいると、なぜか冷静になれるのであった。

会長の緊張をほぐすために、普通の話題を進めることにした。

「そう言えば会長」

「ん？　どしたー？」

「今回の合宿ですけど、どうして会長の家にしたんですか？」

例年は、どこか近くの宿に一泊するらしい。今年が特別なのだ。会長は、少し黙って考える。

「お金がかからないでしょ？　それに、やっぱり宿だと、外って感じがするし」

「僕からすれば、宿も会長の家も外ですけど……」

　会長は慌てて否定する。

「あー、そういうんじゃなくて。それはそうなんだけど、やっぱり人の家だと、家だから。宿よりも、くつろげない？　そうなると、皆の素の姿とか、意外な一面とか見れるかもしれないし。……もしかしたら、もっと仲良くなれるかなって」

　会長があまりにも真剣な表情で言うので、少しうろたえる。

「もう十分、生徒会は仲良いと思いますけどね。でも、なるほど、分かりました」

「春一くんのリラックスモードも期待してるよー？」

　会長がにやりと微笑む。別に僕はいつだって変わらないつもりだ。だけど、やっぱり少しは違うのだろうか。自分では分からないが、外から僕を見たら分かるのかもしれない。

　会長の横顔を見る。話した後だけれど、少しだけ強張《こわば》っている。

「会長、怖くなりました？」

「何言ってるの。最初から怖くないって……」

　やはりまだ強がっている。

　僕は、さきほどから気分が良かった。この状況が、僕が考える「青春」そのものだったからだ。合宿。そこでの肝試し。僕が期待していた青春がここにはあった。ひょっとしたら、高校に入ってきてから、こんなに青春らしい日を送るのは初めてかもしれない。

僕は今、青春している。

だからだろう。

強がっている会長に少し悪戯をしてみたい気持ちが芽生えた。

そっと、会長の後ろから手を回し、僕がいない方の会長の肩を叩《たた》いた。

瞬間、びくっと会長の体がはねる。

「えっ!? 何!? は!?」

「どうかしましたか?」

「い、今……、肩……」

「……肩?」

僕が不思議そうな顔をして会長を見る。

「え……? 春一くんじゃないの……?」

「いえ、知りませんけど。肩がどうかしたんですか?」

みるみるうちに会長の顔が青ざめていく。それを見て、明かし時だと思い、口を開く。

「なんて。僕ですよ」

会長は目を見開いて、僕を見る。やがて、じっとりと湿り気のある視線に変化し、挙句の果てには顔をそらされてしまった。その反応はどこかわざとっぽくて、それが会長の心に余裕ができたことを示していた。

「ごめんなさい、ちょっとした悪戯心だったんです」

「そんなに悪いと思ってないでしょ」

図星だった。ごまかすように笑うと、会長も「今回は大目に見よう」と笑った。

その後は、僕が先ほど、早伊原家の両親に会ったことなどを話し、僕と会長の肝試しは無事に終わった。

さて、青春を謳歌《おうか》したし、早伊原家に戻るか、とはいかない。最後に、早伊原が残っているからだ。

鮎川先輩とめぐみは、早伊原をはさんで談笑していた。早伊原の表情には笑顔が浮かんでいる。怖くなったのだろうか、とも思ったが、そうではないだろう。早伊原は息をするように笑顔を作ることができるので、どんなに心に余裕がなくても作り笑顔はできるのだ。

僕が戻ってきたのを見ると、僕の方へ寄ってきて「早く終わらせろ」と言いたげに手を繋いできた。残る三人に行ってきますとあいさつをして、さっき会長と歩いてきた道を、今度は早伊原と歩く。

早伊原はしばらく無言で僕の顔をのぞき込む。

「先輩、何でにやにやしてるんですか……」

早伊原のおびえる声が聞こえた。

自覚はないが、そうであっても不思議ではない。だって僕は今、青春しているのだから。僕の気分の良さは、恋人関係を偽装している女子と歩くことで少しだけ薄くなったが、そうなくなるものではなかった。

「いやぁ、実は僕、見える体質でね。さっきから幽霊が僕に話しかけてくるんだよ」

「いよいよ頭がいってしまいましたか。保険証は持ってきてますか？」

保険証の心配をするあたりがリアルで嫌だ。僕は気分に任せて、早伊原を怖がらせることにした。

「本当だって。幽霊には詳しいんだよ。ほら、早伊原、夜中にふと、カーテンの隙間から視線を感じることとってない？」

繋いだ手から、早伊原の肌が粟立《あわだ》つのが分かった。彼女は無言になる。

「あの霊は危ないやつだよ。気をつけな。特に今夜とかな。布団《ふとん》から体の一部を出してると、そこから持ってかれるから」

早伊原が身を縮めて、僕の腕にしがみついてきた。

「ほんと許さないですからね、絶対許しません。覚えててください。後悔させてやりますから。屈服させます。二度と口答えできなくさせます」

早伊原がここまで成す術《すべ》なく弱い部分を晒しているのは初めて見た。会長もそうだったが、人間、心に余裕がないときにこそ、本心が見える。怖がらせて申し訳ないという気持ちを除けば、それを見ることができるのは嬉しかったし、楽しくもあった。早伊原に対してならば申し訳ないと思う気持ちはなかったので、僕はさらに増長した。

　僕の腕に必死にしがみつく早伊原に向かって言う。

「早伊原、ちょっと歩きにくいから手離したいんだけど」

「死んでください」

「もっとも君らしくない言葉だな」

　言葉が辛辣《しんらつ》になるほど、早伊原の余裕はない。今は、余裕が全くない状態なのだ。

　彼女の体が震えている。内側からくる震えのようで、早伊原の体が密着している腕から、その振動を感じとることができた。足元もおぼつかない。さっきより歩くペースが半分以下になっている。そのときだった。

「いたっ」

　早伊原が声をあげ、立ち止まる。僕はその声に、冷静になった。

「どうした？」

「足、挫《くじ》いたみたいです」

　そう言って、早伊原は左足を小さく上げる。足元は石畳が敷いてあり、歩きやすくなっている。しかし、その石畳から片足が落ちたようだった。彼女の震えは今も続いている。早伊原の表情は苦痛に歪《ゆが》んでいた。

「……」

　どう考えても僕のせいだった。日頃、早伊原から洒落《しゃれ》にならない嫌がらせを受けている僕も、この状況で早伊原に嫌がらせをする気は起きなかった。さすがの僕も、後ろめたい気持ちになった。

「大丈夫か？　おぶるよ」

　そう言ってしゃがもうとするが、早伊原は僕の腕を放さない。

「それはありがたい提案なのですが……」

　早伊原が口ごもる。

「どうかしたか？」

「その……背負う格好だと、私の背中ががら空きで、その、嫌なんですよ。説明するのは難しいんですが」

「……そうか」

　背中を覆《おお》うと、安心に繫がるという話を聞いたことがある。無防備である背後からの攻撃を、防ぐことができるからだ。早伊原が言っているのはそういうことで、恐怖状態で神経が鋭敏となっている今、背中を空けるのが嫌なのだろう。

「背中を覆うなんて、どうすればいいんだよ」

「そうですね……それは難しいので、横に抱いてもらえませんか。俗に言うお姫様だっこというやつです」

「……それって、背中空いてない？」

「背中が下向いてるのなら、まだ大丈夫です」

それは一向にかまわなかったが、如何せん僕はそんな格好で人を持ち上げたことがない。早伊原にもそんな経験はないため、二人で考えながら、僕の片手に倒れこみ、それから足の方を持ち上げる、という方法で何とか成功した。

持ち上げると、この姿勢は背筋を酷使するということが分かった。僕は運動能力があまりない人間なので、辛かったが、そんなことを言える状況ではなかった。

早伊原は僕の肩あたりに顔をうずめて視界をシャットアウトしていた。この状態だと僕はライトを照らすことができないので足元が見えない。早伊原にきちんと前を見て、ライトを照らすように言うと、ライトの角度を手で覚えてそれを固定したまま、再び目をつむり、僕の肩あたりに顔をうずめた。

「あんまり密着しないで欲しいんだけど」

「何言ってるんですか。先輩の方が密着してきてるんですよ」

「君って今でも天動説信じてそうだよな」

そのまま進み、社までくる。立てかけられている札を、手首から先で取り、そのまま来た道を引き返す。いつの間にか、早伊原の体の震えは止まっていた。

　早伊原の背中やひざ裏から、彼女を形作る骨や肉の感触がする。想像していたよりも早伊原は華奢《きやしや》で、それが女の子らしいと感じた。僕はそれに、思わず顔をしかめたくなった。

　もう少しで皆のところまで戻れるというところで、我慢しきれなくなって、僕は言う。

「なんかこれ、恋人みたいで嫌なんだけど」

　恋人関係を偽装している僕らであったが、決して恋人ではない。誰の目にもとまらない場所で、恋人みたいなことをする必要はなかった。少し前なら、実害を被《こうむ》らない、こういう類のことは、何をされても嫌だと感じることはなかったのだが、最近は少し違う。僕は早伊原と必要以上に近づくことに、嫌悪感《けんおかん》を覚え始めていた。

　早伊原は一瞬だけ反応を遅らせる。

「何言ってるんですか、私の方が嫌に決まっているじゃないですか」

「そうなのか。抱き上げてから、君の体の震えが止まったから、てっきり僕のこと好きなのかと」

「いや、普通にありえないですけど。先輩こそ、足首を怪我《けが》したのが演技だと分かっていながらお姫様抱っことか、私のこと好きなのかと」

　あれ。

「……演技?」

「やだなぁ、先輩。そんなわけないじゃないですか。誰がそんなひどいこと言ったんですか。足首すごく痛むんですからね」

ほら、と言いながら、挫いたはずの左足首をぐるんぐるんと回す早伊原を、投げ捨てるように下ろす。彼女はバランスを取って、転ぶことはなかった。普通に立てている。

「お前、……覚えてろよ」

「私を完全掌握できたとでも? 覚えとくのは先輩の方ですよ。制裁、覚悟してててください」

暗闇の中、笑顔に似つかわしくない鋭い眼光が、僕をまっすぐにとらえる。僕はそれを見て、ごくりと生唾《なまつば》を飲んだ。

それから、僕らは早伊原家に戻り、交代でシャワーを浴びた後、居間を使い、皆でトランプやジェンガをした。そのときは皆、元気だったのだが、パーティーゲームに飽きて、映画を見始めたあたりで時間は深夜となり、映画の途中に次々とドロップアウトする者が現れた。

まずは会長が「もう限界」と二階の自室に戻っていった。次に早伊原も「おやすみなさい」と部屋に戻る。めぐみと鮎川先輩と僕は、うとうとしながらテレビの光を浴びていた。

そうしているうちに、めぐみと鮎川先輩は居間のソファでそのまま寝始めてしまった。どうやら最後まで起きているのは、僕のようだった。


「……ふう」

時間は午前二時半。僕は喉《のど》が渇いたので、台所に水を飲みに来ていた。水を呷《あお》ったコップをそっと洗う。できるだけ音をたてないように、水の量を調節する。居間と台所は同じ空間にあり、あまり音をたてると鮎川先輩とめぐみが起きてしまうかもしれなかった。

鮎川先輩も、めぐみも、ソファで気持ちよさそうに眠っていた。さきほど、本来なら僕と鮎川先輩が寝るはずだった隣の部屋から、毛布を持ってきて、鮎川先輩とめぐみにかけた。肩までしっかりかかっているので、風邪をひくことはないだろう。

空いているソファに座ると、あくびが出た。僕もそろそろ寝るか。そう思い、隣の部屋に行こうとした瞬間だった。

「――――!」

二階から、尋常じゃない会長の叫び声がきこえてきた。

3

会長の叫び声がして、僕はすぐに階段を駆け上がった。会長は、自室の入口に座り込んでおり、ドアは開いたままになっていた。既に早伊原がそこにおり、会長のそばに座っていて、何か話しかけていた。早伊原の部屋は会長の隣なので、僕より早く駆けつけてこられたのだろう。

「会長、どうしたんですか？」

会長は僕を見上げて、微笑む。しかし、不安は隠しきれていなかった。

「いや、まあ、ちょっとね……」

続いて早伊原に目配せするが、首を横に振られてしまった。

「ごめんね、叫んじゃって。起こしちゃったでしょ」

「そんなことはいいんですが。……何かあったんですよね？」

階段を誰かが上がってくる音がする。二人分だ。鮎川先輩とめぐみだろう。会長の部屋が丸見えなのはどうかと思い、閉めようかと思ったが、会長がつかえとなって、ドアを手前に引いて閉めることはできなかった。

お茶を濁す態度をとる会長に続けて言う。

「とりあえず、居間に移動しましょうか」

早伊原が僕の声に賛同する。

「そうですね。それがいいでしょう。姉さん、立てる?」

「うん、大丈夫」

階段を上ってきた二人にそのまま下りるように言う。会長の部屋のドアを閉めて、皆で居間に行く。怪談話をしたときと同じように車座になる。眠いのか、鮎川先輩が薄目を開けながら言った。

「どうしたんだよ、会長。幽霊でも見た?」

目をこすっていためぐみがその手をぴたりと止める。

「ちょっと、やめてよ瑞人」

家で遊んで、肝試しの恐怖は忘れていた皆だったが、鮎川先輩の言葉で思い出したようで、皆の表情が曇った。

会長が、鮎川先輩の言葉にこたえないのを見て、めぐみがみるみる不安げな表情になる。

「まさか、本当に……?」

会長が、観念したように言った。

「そうだね。幽霊、見ちゃったのかな」

「……幽霊」

会長は口元だけで無理やり笑顔を作っていた。視点が落ち着きなく、おびえているのが誰の目にも明らかだった。

鮎川先輩が手をひらひらと振って、呆れたように言った。

「幽霊なんていないって。勘違いに決まってる。怖いっていうのは分かるけどな」

僕は基本的に、幽霊はいないと考えている人間だ。その主な理由は、幽霊の被害者や、それがこの世に与えた痕跡《こんせき》が見受けられないからだ。しかし、今ここでそれを会長に説明したとしても、何の解決にもならないだろう。

鮎川先輩の言葉に、会長は「うん、そうだね」とこたえるが、顔色は芳《かんば》しくならなかった。

「幽霊って、……一体、何を見たんですか?」

めぐみが恐る恐る聞く。

「うん……」

会長が事の顛末《てんまつ》を話し始めた。

会長は午前零時頃に自室に戻った。そこで勉強をしていたが、机に突っ伏す形でそのまま寝てしまった。しかし、何かの気配を感じて、目覚めた。寝起きだというのに、変に意識はすっきりしていた。その時、ドアの外に気配を感じた。何かがいる。誰かが訪ねてきて、ドアのノック音で目覚めたのだと思った会長は、ゆっくりと部屋のドアを引いた。

　しかし、ドアを少し開けると、寒気がして、外側から勢いよく閉められてしまった。訪ねて来た人の悪戯だと思って、今度は勢いよくドアを開けると、そこには誰もいなかった。もう、何かの気配もなくなっていた。

「…………」

　それって、つまり。

「部屋の前に幽霊がずっといて、会長の部屋の様子をじっとうかがっていた……ってことですか」

　めぐみが、皆の思っていることを口に出して言ってしまった。僕はため息をつきたい気持ちになる。会長を余計に怖がらせるようなことを言ってどうする。

　それではまるで、僕が話した、赤い目の隣人のようではないか。

　案の定、会長の顔からより一層血の気がなくなる。

「か――」

　僕が口を開くと、隣にいた早伊原が、僕の声にかぶせて言う。

「姉さんが寝ぼけていたってことはない？」

「夢ってこと？　でも、叫んだ場所は、ちゃんと部屋のドアの前だし……これがベッドの上ならまだ分かるけど。……体験したことは、全部本当だよ。現実のこと」

早伊原が僕に目配せをしてくる。その瞳には、はっきりとした意思が宿っているのが見て取れた。僕はそれを受け取って、小さく嘆息した。それを見た早伊原が、僕のため息を押さえつけるように睨みつけてくる。

分かっている。君は、この謎を一緒に解決しろと言っている。

さまざまな考え、気持ちが次々と浮かび、それが混ざっていく。それぞれの思考に疑念を持ち、肯定と否定に分けていく。ベストな選択肢はどれか。その作業を終えてから、自分の正直な気持ちと向き合う。本当に迷ったが、すごく微妙なラインで、納得する行動が決まった。

——この謎を解決する。

僕が小さく頷くのを、早伊原は確認して、にこりと微笑んだ。

無理やりどちらかを選ぶ必要はない。両方、選べばいい。

「まず、会長。これは幽霊の仕業じゃないです。幽霊なんて、存在しないんですから」

「うん……」

まずは強く否定することから入ったが、やはり言葉に説得力がないので、会長はあいまいに頷くだけだった。

状況を整理しよう。会長が叫んだのは午前二時半頃。つまり、事件が起きたのもそれくらいの時間ということになる。

問題なのは、どう考えても、開けようとしたドアが閉められたことだろう。幽霊ではなく、そこに力がはたらいたのだから、真っ先に疑うのは人間である。

「誰かがそこにいた、という可能性を考えましょう」

鮎川先輩が「そっちのがこえーんだけど……」とつぶやく。

「まず、鮎川先輩とめぐみが寝ていたのは僕が見ています。零時半頃から、ずっと寝ていました」

「そういえば、毛布がかかってたけど」

めぐみの疑問に答える。

「それは、居間の隣の部屋——僕と鮎川先輩が寝る予定だった部屋から持ってきたものだよ」

「あ、そうなんだ。ありがと」

鮎川先輩も「お母さんみたいだな。サンキュ」と礼を言う。

「だから、鮎川先輩とめぐみは違う。……一番怪しいのは、早伊原だけど」

部屋も会長の隣だ。今回の悪戯がしやすい位置である。早伊原は犯人にされそうだというのに特に怒りも焦りもせず、不思議そうに首を傾《かし》げて言った。

「姉さんが被害者なのに、姉さんが犯人ってどういうことですか」

うわ。こいつ、面倒くさい。仕方なく僕は言い直す。

「……一番怪しいのは、樹里だけど」

「私じゃないです。寝ていました。証言者がいるわけでもないし、直接証明することも難しいですが、もし、犯人が私だとして、部屋に戻ったら、姉さんに、部屋のドアを閉じた音が聞こえるはずです」

そんなのそっと閉めればいいだけのことだと思ったが、会長がいつ廊下に出て確認してくるか分からない状況で、そこまでの余裕はないだろうと思い直した。

めぐみが「樹里ちゃんの部屋って、会長の部屋の隣なんだ」と、今はどうでもよい情報に頷く。

「だったら、自室に戻らなかったんじゃないのか？　一瞬で、近くの物陰に隠れればいい」

早伊原は訥々《とつとつ》と言う。

「残念ながら、そんな場所はありません。それに、動機がないです」

「悪戯とか」

「私がそんなこと、するわけないじゃないですか」

いつも僕にしているのは何なんだ。

鮎川先輩が「そうだな。樹里ちゃんみたいな子が悪戯するとは思えない」と言う。いつも僕にくだらない悪戯をしてくるのは早伊原なのだが。この短時間でどうやってこんろうか。

な好印象を植え付けたんだ。僕と会長が肝試しをしている間にどんな話をしていたのだ
「そういう先輩は何をしていたんですか？」

「鮎川先輩とめぐみに毛布をかけて、僕もソファで寝たよ」

「じゃあ、一体、何が起きたの……。人の仕業じゃないってこと……？」

考える。これを肯定することは「じゃあ、幽霊の仕業では？」と言うことに他ならない。他の可能性を思いつくまでは、人路線の推理で粘る必要があった。

「隠れるのは無理、と断じるのは少し早いんじゃないか。会長の部屋のドアは、内側に開くタイプ。つまり、会長はドアを引いて開けた。その瞬間は、会長は部屋の中にいる。部屋の中から、廊下を見ても、死角が必ず生まれ、廊下のすべてを見渡すことはできない」

例えば、廊下側、ドアのすぐ横に犯人がいたとする。そしたら、会長は、誰もいないと錯覚するのではないか。その隙に犯人は逃げる。

「……そうなるね。でも、開いて、顔をのぞかせて、廊下のすべてを確認したの。誰もいなかった。二階の廊下は、あとは両親の寝室につながっているけど、樹里の部屋よりも遠い。開こうとしたドアを閉めてから、私が廊下を見渡すまでの間に移動できないと思う。急いでいたら音で分かるしね」

つまり、二階の部屋のどこかに隠れたわけではない。早伊原が補足する。

「階段を下りたとしても、上ってくる春一先輩と遭遇しますよね」

そうなる。最初から、この推理には期待していない。これは、新しい推理が思いつくまでのつなぎでしかない。僕も本気で、誰かが開けようとしたドアを閉めて、会長が廊下を確認するまでに隠れた、と言っているのではない。

「……………そうですね」

早くも弾切れだ。

会長の話をもう一度整理してみたが、結局新しい可能性を発見することはできなかった。だったら、時間稼ぎを延長する他ない。

「……でも、何か特別な方法があるのかもしれません。一応、確認しませんか？」

皆が一瞬黙り込む。やがて、鮎川先輩が言った。

「……何を？」

「すべての部屋の戸締りを、です」

すべての部屋の戸締りを確認する、ということはつまり、外からの侵入者を疑う、ということだ。もしかしたら泥棒が入っているかもしれない。その可能性を否定するためにも、すべての部屋のチェックを行う必要があった。

「一応、居間は全部閉まっていますね」

ソファに座り、携帯でソーシャルゲームをしている鮎川先輩に言う。

「ちょっと待って。今話しかけないで」

そのソーシャルゲームは、リズムゲームのようだった。やがて「おっしゃ、フルコン」と呟《つぶや》き、鮎川先輩は携帯を置いた。

「で、戸締りはオッケー？」

「ええ、問題ないです」

鮎川先輩が大きなあくびをする。自由な人だ。こういうところが、きっとめぐみと合うのだろう。

居間には、僕と鮎川先輩しかいない。他の部屋には早伊原と会長、めぐみが行っていた。泥棒が潜んでいた場合、危険だから、二手に分かれるなら、僕か鮎川先輩を一緒にするように言ったのだが、「男子には見せたくない場所もある」という会長の言葉で、僕らは黙る他なくなった。

さて。考えよう。

戸締りはあまり念入りに確認したわけではない。そもそも泥棒が入ったなんて僕は考えていないのだから、当然だ。ここで、何か新しい推理をひらめく必要がある。もうこれ以上の時間稼ぎは無理だ。女子三人組が戻ってくるまでに何も思いつかなかったら、事件の「解決」は難しい。

真実である必要はない。ただ、「ようするに、怪異ではない」ということに納得してもらえばいいのだ。

推理するには二つの道がある。一つは動機、もう一つは状況。今回は、状況から推理するしかない。もう一度、丁寧に、淡々と、状況だけを確認しよう。

何かの気配を感じて目覚めた。寝起きだが意識は鮮明。ドアの外に気配。ゆっくりと部屋のドアを引く。寒気。ドアを少し開けたところで外側から勢いよく閉められる。すぐに勢いよくドアを開ける。誰もいない。何かの気配もなくなっていた。

疑問点は、いくつかある。しかし、やはりネックは、ドアを外側から閉められるという部分だ。その場には、ドアを閉めた人物なんていない。しかし、閉まった。会長はそう感じた。

「…………そっか」

とあるアイデアが下りてくる。

「鮎川先輩」

「んー？」

彼はまたリズムゲームをしており、親指を忙しく動かしていた。容赦なく話しかける。

「念のため、もう一回、戸締りチェックしてきますね」

「オッケー。任せっぱなしで悪いな。ま、どこも開いてないだろうけど。……あ、ミスった」

コンボが途切れたみたいだ。それで会話を終え、考えを詰めていく。

もう一度居間のチェックを行い、五分ほどして、女子三人組は居間に戻ってきた。会長が目線を下にずらしながら言う。

「これで全部の部屋チェック終わったよ。どこも鍵《かぎ》は開いてなかったわ」

「そうですか。居間も戸締りは完璧《かんぺき》でした」

不安げに、めぐみが聞いた。

「……じゃあ、どうなるってこと？」

早伊原が何も言わずに、ただ僕をじっと見つめていた。その視線を受け取りながらも、僕は目をそらす。そして、めぐみの質問に答えた。

「大丈夫。もう分かったよ」

4

壁にかかっている時計を見ると、三時過ぎだった。こんな時間だというのに、鮎川先輩以外は眠くなさそうだった。神経が尖って眠れないのだろう。

「分かったって？」

会長の表情がいくらか明るくなる。僕に期待している視線だ。

「今から説明するので、何か質問があったら、その都度お願いします」

鮎川先輩は携帯を置き、僕の話に耳を傾ける。

「どうせ矢斗が何とかしてくれると思ってたよ」

そんなことを言って微笑む。僕は、そんな立ち位置だったのか。確かに、生徒会に持ち込まれる謎を解いたりもしたが、別に僕一人の力で解決したわけではない。

「今回のことは、人間の仕業でも、ましてや幽霊の仕業でもないです」

はっきりと否定すると、めぐみが口を開く。

「……じゃあ、どうやってドアが閉まったの？」

「その前に、一つ。イギリスに、マーガム城という有名な古城があるんだ。幽霊が出るってね。光を見たとか、肩を叩かれたとか、急に温度が下がったとか、そういう話があまりにも相次ぐので、徹底的な科学調査が行われたんだ。結果、光はプラズマで、気温が下がるというのは人間が恐怖を感じた際に起こる体温低下、肩を叩かれたというのはその部分が急に体温が下がったからそう感じただけだった。心霊写真もそうだし、目の錯覚もそうだ。人間は、自分の気分、雰囲気によって認識を変えてしまう」

「つまり、ドアが閉まったのは、気のせいだったと？」

会長が不安げに聞いてくる。

「違います」

　これを肯定してしまったら、なんの意味もない。

「そういう話の前提で、聞いて欲しいんです。まず、会長は、『気配』という言葉を使っていましたよね？」

　勉強をしていて、そのまま机で寝てしまった。その後、何かの気配を感じて起きた。そして、ドアの外に気配を感じた。

　会長が頷く。

「気配、というのは、具体的には何ですか？」

「それは……」

　会長は口ごもる。

　人の視線を感じる。誰かの気配を感じる。

　僕がその言葉を使うときは、結局、五感で得た情報を元にしている。「人の視線を感じる」というのは「視界の端で誰かがこちらを向いているのを認識した」であるし「誰かの気配を感じる」というのは「小さな物音が聞こえたり空気の流れの変化を肌で感じた」である。

　しかし、それ以外に使われることもある。

　五感で何の情報も得ていないのに、そうだと感じること。つまり、直感である。

「会長の言う気配というのは、直感の可能性があります。つまり、ただなんとなく、そう思った。それは、気分による認識だったのだと、僕は思います」

「そう言われれば、そうだったかも。どうしてドアの前に人がいるって思ったんだろ」

会長が視線を斜め下に落とし、首を傾げる。

「きっと会長は、肝試しのこともあり、怖い『気分』だった。だから、部屋の前に人がいるような気がしてしまった。僕が話した怪談と、会長の体験に類似性が見られるのも、そういうつながりなんじゃないでしょうか」

めぐみが「なるほど」と言い、鮎川先輩は腕を組んで小さく何度も頷く。早伊原だけが、納得をしめさずに、ただ僕を観察していた。やがて早伊原が口を開く。

「きっと、気配というのはそうだったのでしょう。でも、じゃあ、ドアをゆっくり開けたら、外側から閉められた、というのは何なのでしょう？」

早伊原の疑問はもっともだった。

「これを見てほしい」

僕は立ち上がり、居間のドアの前に立つ。ドアは、こちらからだと、押して開けるようになっていた。皆が僕に注目しているのを確認して、僕はゆっくりとドアノブを下げ、押した。少しドアを開けたところで、放す。すると、ドアはひとりでに閉まった。

「え……？」

めぐみの顔が恐怖にゆがむ。会長は驚愕《きょうがく》しているようで目を見張っていた。

「ど、どうして？」

「圧力ですよ。この部屋は低気圧なんです。だから、外側から空気を取り込もうと、ドアが押される。それによって閉まるんですよ」

「低気圧？」

「ストローで吸うと、飲み物が吸い上げられますよね？　それと同じで、この部屋は、吸われているんですよ」

鮎川先輩が首を傾《かし》げる。

「吸われてるって、なんでだ？」

それに気が付いたのは、僕がここの戸締り確認を担当していたからだ。部屋を調べたからこそ、見つけた。

「こっちに来てください」

今度は皆を台所に連れていく。コンロの上。そこには、音は静かだが、確かに駆動しているものがあった。

「換気扇か！」

鮎川先輩が納得した声を上げた。

「僕は、毛布を取りに、ここを通って隣の部屋に行きました。そのまま毛布をかかえ、戻ってきた。二人にかけて、ドアはそのまま開けっ放しになっていたんです。そして、他の場所の戸締りが完璧となっていれば、居間だけでなく廊下、階段も低気圧となり、会長の部屋でもこの現象は起きるでしょう」

早伊原が上から目線っぽく「なるほど」と言う。

「寒気、というのは、ドアを少し開けた際に入ってきた空気によるものでしょう。風みたいになりますから」

これが真実です。そう言い切る。

「……そっか。そうだよね」

会長は、笑顔でそう言った。そこにもう不安はなく、晴れやかに感じた。

「皆、本当にごめんね。起こしちゃって。もう寝よっか」

そうして、幽霊騒動は終わり、解散となった。

部屋に戻ろうとする早伊原の肩に手を置いて、耳打ちした。

「もうこんなこと、しないからな」

早伊原は口元をいやらしく吊り上げる。

「はいはい。お疲れさまです。犯人先輩」

そう言って早伊原は階段を上り、自室へと戻っていった。

今回の騒動の犯人、幽霊は、僕だった。

＊

映画を観ているると、僕の携帯が震えた。それによって、意識が映画から現実へと戻ってくる。どうやら、メッセージを着信したらしい。確認すると、早伊原からだった。

『部屋に来てください。一分以内』

既読無視した。大体、早伊原の部屋がどこかを知らない。自室に戻ると言って二階に上がっていったので、二階のどこかだろうが。

軽く息をついて、周りを見回すと、鮎川先輩とめぐみがソファで寝息を立てていた。僕はテレビを消して、ブルーレイの再生機器の電源を切る。気持ちよさそうに寝ていたので、起こすのも悪くて、そのままにすることにした。しかし、このままだと、いくら夏と言えど体を冷やしてしまうだろう。何か、かけるものがないかと考えたとき、僕と鮎川先輩が寝る予定だった部屋のことを思い出した。そこには寝具が置いてあるはずである。毛布くらいはあるのではないか。

居間から出て、部屋の探索を始める。僕らが寝る部屋が準備されていることは以前から知っていたが、場所は知らなかった。会長はもう寝てしまったので、自力でなんとかするしかない。居間の隣の部屋から探そうと、その部屋を訪れると、布団が二つ用意してあり、どうやら当たりのようだった。

そこから毛布だけを取り、抱えて戻る。鮎川先輩とめぐみ、それぞれにかける。一息ついて、先ほどからポケットの中で何度も震えている携帯を取り出し、確認した。

『どうして来ないんですか』『あ、部屋教えてませんでしたね』『二階の左奥の部屋です』『ノックせずにそのまま入ってきてくれていいですよ』『一分以内』。

早伊原からのメッセージを受信した際の通知をオフにしながら、そろそろ寝るかと考える。

「…………」

なんとなく携帯を再度確認すると、早伊原からのメッセージを着信していた。

『来てください』

「…………」

はあ、とため息をつく。僕は二人を起こさないようにそっと出ていき、居間のドアを閉めた。足音を立てないように二階に上がり、教えられた通り、左奥の部屋を開ける。

パジャマ姿の早伊原がベッドに寝ころんでいた。パジャマは白地でさらっとした素材でできており、なぜかフードが付いていた。下は同じ生地でできたショートパンツで、パジャマというより部屋着のように見えた。なんだか、早伊原の生活の中に自分がいるようで嫌な気分だった。

早伊原の部屋は八畳ほどで、ベッドに勉強机、本棚、小さなテレビがあり、ローデスクと座椅子もあった。思ったよりもごたごたとしていて、物が多い。気を付けないと、棚から何かを落としてしまいそうだ。

そっと、部屋のドアを閉める。

「先輩、一分を過ぎてるんですが」

「僕の故郷の星だと一分はまだ経ってない。自分の価値観を強制するなよ」

「郷に入っては郷に従えですよ」

「周りに流されてばかりの人間にはなりたくなくて」

「人を理解するには、その人の行動を真似《まね》るのが大事だと言いますよ」

あいさつを済まし、僕は座椅子に座り込む。

「で、怖くて一人で寝られず起きていても暇だからとりあえず僕を呼びだした早伊原。一体僕に何の用だ」

「今日は少しやりすぎたかもしれないと罪の意識に苛《さいな》まれいつもなら無視する急な呼び出しに応じた春一先輩。ゲームでもしませんか？」

やはりばれていた。僕は、肝試しのことを気にしていた。今回は少し、調子に乗りすぎてしまったのではないか。あの時の僕は、自分が青春しているということで、気分が良くなっていた。会長にも、悪いことをした。

「いいよ。二人でババ抜きでもしようか」

「そんな眠くなりそうなことしませんよ」

そう言って目配せした先を見ると、テレビラックに最新ゲーム機がすべてそろっていた。

「眠るために僕を呼んだんだからババ抜きの方がいいだろ」

「はい、起動しましたよ」

早伊原は僕の言葉を無視してコントローラーを渡してくる。

「というか、早伊原、ゲームなんてするんだな」

早伊原とゲームの話をしたことはない。僕は鮎川先輩に半強制的に貸し出されたゲームをやっているから、ある程度、ゲームはやっていた。

早伊原はベッドから滑るように落ちてきて、僕の隣にクッションを敷いて座る。背中をベッドの側面に預ける形だ。

「私はそんなにやらないんですけどね。せっかくもらったので、やるって感じです」

「もらった？」

最近の据え置きゲーム機は、四万円ほどする。それをもらうなんて羨ましい。やはり家が裕福だからだろうか。

「親からのプレゼントか？」

「いいえ。姉がくれるんですよ」

「会長が？」

予想外だった。早伊原はそれがなんでもないかのように、カチャカチャとゲームを操作しながら話す。

「もともとゲームが好きなのは姉ですからね。しかし、ある日全部私にくれました。昔のゲーム機には、姉の名前が書いてあるはずですよ。……それから、新作のゲーム機が発売されると、ソフトと一緒に私に買ってくれるんです」

「誕生日とかでもないのにか？」

早伊原は頷く。

「たまに姉も一緒に遊びますよ。……と、始まりますよ」

早伊原が始めたのは、レースゲームだった。


「ん……」

あれ、僕は今、何をしていたんだっけ。辺りを見回し、ここが早伊原の部屋だと思い出す。テレビにはゲームのキャラクター選択画面が映し出されていた。どうやら寝てしまったようだ。

ここでふと、肩が重いのに気が付く。そちらを向くと、早伊原がこちらに頭を預けて寝ているのだった。

「早伊原、起きろ」

頭を軽く叩くが、起きる気配がなかった。しかし、起きてもらわないと困る。何とかして早伊原をベッドに移動させたかった。

このまま抱き上げて、ベッドまで持ち上げるか。そう決意した僕は、そっと横にずれる。早伊原がこちらに倒れこんできて、そのまま寝ころんだ。

「あ……せんぱい、ですか……？」

早伊原が声を発する。寝ぼけているようで、声には覇気がなかった。

「早伊原、寝るならベッドで寝ろ」

「やーですよ」

寝ぼけていても生意気な後輩だった。

とりあえず、ゲームの電源を切り、コントローラーを片付け、テレビを消す。それから肝試しのときと同じように、早伊原を抱き上げた。酷使している背筋がつりそうだった。しゃがんだ状態から持ち上げると、負担がまるで違う。抱き上げたところで、早伊原が僕の首に手をかけて、ぐいっと体を寄せてくる。寝ぼけながらもにやにやしているから、悪戯のつもりだったのだろう。僕はそれで体のバランスを崩し、そのまま後ろへ数歩後退する。倒れそうになったとき、本棚に背中がぶつかり、ガシャン、と大きめの音が鳴った。

「うわ……」

　本棚から、置物や、積んである本などがばらばらと落ちてくる。このときに早伊原の所持品がポケットに入り込んだことに、後に気が付くのだった。

　取りあえず後で片付けることにして、早伊原をベッドに移動した。

　しかし、あまり考えていなかったせいで、掛布団が早伊原の下敷きになってしまっていた。それを引っ張り出そうと試行錯誤していると、早伊原の意識が再浮上してきたようだった。

「ちょっと、何してるんですか……」

「布団をかけようとしてる」

「はあ……どうも。帰っちゃうんですか……？」

「もう怖くないだろ。おとなしく一人で寝ろ」

　別に座椅子などで寝てもよかったが、皆に早伊原の部屋から出ていくのを見られるのはまずい。僕はまだ社会的に死にたくない。それなら、今のうちに早伊原の部屋から出ていくしかなかった。

「ですか……」

　早伊原はそのまま眠りに落ちていく。

「そうだよ。ほら、おやすみ」

救出した布団をかけながらそう言うと、早伊原は口を「おやすみなさい」と動かし、そのまま眠りの底に落ちていった。

こうしていると、早伊原は妹のようだった。いつもこれくらいに分かりやすいといいのだが、と思うが、それだとそれで何か物足りないような気もした。

本棚から落ちたものを適当に片付けて、そっと部屋から出る。僕もさっさと寝てしまおう。そう思ったとき、早伊原の隣の部屋が、少しだけ開いているのが見えた。ここは会長の部屋だろうか？　眠くて、閉め忘れたのかもしれない。僕はそう思い、ドアを引いて閉めた。そのまま階段を下り、台所に立つ。喉が渇いた。水を飲んだところで、会長の悲鳴が聞こえた。

＊

会長が起きた気配というのは、僕が本棚にぶつかってたてた物音だろう。ドアが閉まったのは、僕が閉めたからで、ドアの前に感じた気配というのは、僕がそこにいることによって起きた空気の揺れ動きや小さな物音だ。会長の言うことは、すべて気のせいなどではなかった。

「正直に皆に言った方がよかったな」

次の日、僕はモスバーガーで早伊原と会っていた。早伊原がどうしてもと勧めてくるミステリを借りるためだった。早伊原はその日、学校がないというのに制服だった。

「早伊原が、皆に怖いものが苦手だと知られるのが嫌だというのは分かるけど」

早伊原は、正直に言おうとした僕の言葉を遮り、視線で脅してきた。早伊原はポテトを飲み込んでから言う。

「やったのは先輩じゃないですか。先輩が、施錠《せじよう》チェックのときに、ついてもいなかった換気扇をつけて、姉の元にかけつけたときに開けたドアを、最初から開いていたように言って、皆に嘘の説明をしたんです」

その通りだ。早伊原に邪魔をされたからと言って、僕は別に、本当のことを言おうと思えば言えた。早伊原にこうして言うのは、きっと、八つ当たりでしかないのだろう。

どうして僕はあのとき嘘をついてしまったのだろうか。

それは、早伊原に対する後ろめたさや、僕自身が早伊原の部屋にいたということを隠したいという気持ち故《ゆえ》だ。その上で、あの場では、会長の恐怖さえ取り除くことができればよかったのだ。

すべてを都合よく収めようとした結果だった。

「それに、誰も不幸になっていませんよ。むしろ、皆幸せです」

「正直に言って損をするのは、早伊原だけだろ」

「先輩もですよ。私の部屋にいたこと、できれば隠したいでしょう」

「……まあ、な」

たぶん、少し前の僕ならば、こんなことで心が揺れることなんてなかったのだろう。これを肯定していたに違いない。論理的に考えれば、あの選択はベストだった。しかし、最善の選択肢を選び続けても、良い結果に結びつくとは限らないと、僕はもう知っている。正しいことは、正しいだけだからだ。

僕の気持ちが、あの嘘に納得しないと言っている。

「でも結局それって、自分たちの都合の良いように嘘をついただけだから。やっぱり良くなかった。嘘なんかつかない方がいいんだよ。反省してるんだ」

早伊原は口元を吊り上げる。

「先輩は、あの日だけで一体何回嘘をついたと思っているんですか。先輩は嘘でできてるんですよ」

そう考えて、思い出すと、確かに僕は嘘ばかりついていた気がする。早伊原の両親に思ってもいないことを言ったり、早めに早伊原の家に来たことを隠したり、怪談話を本当のように語ったり、した。

そして何より、僕は、早伊原樹里と、偽《にせ》の恋人関係を結んでいる。

僕が言っていることは、これらを全て否定することに繋がるのだろう。

あとにして思えば、この瞬間が、早伊原との関係を終わらせようと思ったきっかけなのだと思う。

「だから、先輩がテリヤキバーガーが好きというのも嘘なのかもしれないんですよ」

「え？」

早伊原の笑いを含んだ声で我に返る。早伊原は、僕のトレーに乗っていたテリヤキバーガーにかぶりついていた。

「おい、僕の昼飯、それだけなんだけど」

「先輩は無理してテリヤキバーガー食べてるんですよね。大丈夫です、私、ちゃんと気遣える子ですから」

「そんな嘘ついて一体僕にどんな得があるんだよ」

そう言って、隙を突き、早伊原のチーズバーガーをかすめ取る。

「ちょっと！　それは釣り合わないですよ」

「禁忌を犯した者に等価交換の法則は適用されないんだよ」

そう笑って、僕はチーズバーガーにかぶりついた。

＊＊＊

会長の家での様子を思い出す。彼女は、夕飯にさえ顔を出さなかった。それほど、勉強に打ち込んでいる。あの時はさらりと流してしまっていたけれど、これは非常に重要な情報だった。

「会長の勉強に対する態度は、やっぱり少し異常と考えるべきだと思うんだ」

僕は生徒会室にいた。隣には上九一色がいる。一緒に考えてもらうために呼び出したのだった。

「果たしてそうかな？　夏は受験の天王山と言われているじゃないか。それほどに大事なんだ。きりが悪いから夕飯に顔を出さないなんて、よくある話だと思うけれど」

「……でも、会長、生徒会のときにはそんな様子少しも見せないだろ？」

「どうだろう。そうだったかもしれない」

上九一色は首を傾げる。

「鮎川先輩は、生徒会メンバーが集まるまで、英単語帳開いたりしてるけど、会長は僕らと喋ってるだろ？　会議が終わった後も、僕とめぐみの雑談に加わることが多い。鮎川先輩はすぐに自習室に向かってるのに。朝早く学校に来ても、会長は生徒会室でまったりしてるし」

なんだか、ちぐはぐな印象を受ける。夕飯の時間を合わせられないほど勉強に打ち込んでいるのに、学校では勉強をしている様子を全く見ない。不自然ではないだろうか。

「家と学校で切り替えてやっているだけだろう。君は疑り深いな。そんなんだからモテないんだ」

上九一色は僕をからかうように言う。

「別にモテようとなんて思ってないよ」

「ダウト。モテない言い訳とは見苦しいぞ」

上九一色は異性から人気がある。だから発言がやや上から目線なのだろう。

「まあ、そんなことはどうでもいいんだ」

会長の志望校は知っている。国立の経済学部だ。今の会長の成績なら、十分に足りるだろう。周りが頑張りだしたから、校内の順位は落ちているが、偏差値は変わっていない。発表されている順位表で確認した。このままの調子で、余裕をもって合格できるだろう。

だから、成績不振で生徒会長をやめたいわけではないと思う。

見るべきところは、成績ではないのだろう。

学校で勉強しているそぶりが見えず、家では一心不乱に勉強している。それが大切な情報だ。

「普通に考えたら、逆なんじゃないかと思うんだ。学校には自習室もあるし、赤本だって貸し出している。それに、先生たちがいて、いつでも質問できる。そんな環境が整っているのに、学校では自習を行わず、家では時間を惜しんでやっている。それって不自然じゃない？」

「単にそういうタイプなのかもしれないだろう。……でも、確かに、多くの生徒は学校でこそ勉強しているだろうな。会長の大きな特徴だと言える」

摑んだ、と思った。

千川花火大会当日に、急に祭りに行かないと決心したことや、家での様子、そして、誰も、妹さえもその理由を解明できないこと、それらから考えるに——。

「秘密が、ある」

会長は、僕らに何か隠し事をしている。それを知らない限り、会長の気持ちを理解することはできない。

そして僕は、『会長の秘密』というワードに心当たりがあった。

「ありがとう、上九一色。糸口が見えた気がするよ」

「私は何にもしていないだろう。ただ君の話を聞いて、自分の言いたいことを言っていただけだ。それで役に立ったのなら、それに越したことはないけれど。……私の方でも引き続き、会長のことを考えてみる。何か分かったらすぐに連絡する。じゃあ、そろそろ。また明日だ、ハル」

「あ、僕も一緒に帰るよ」

上九一色の家は高校に近い。小学校のときは、僕の家がある地区に住んでいて、中学のときにこちらに引っ越してきたらしかった。駅とは反対方向だが、近いので送っていくことは可能だ。

「いや、いいよ。それに、まだ帰るわけじゃない」

「あぁ、そう?」

断られてしまった。このまま疎遠《そえん》になったら嫌だな、と思っていると、彼女が口を開く。

「君には早伊原後輩がいるだろう。今回の相方だって、彼女が適任だったはずだ。私はもう、君にとって、そこまで利用価値のある人間ではないよ。早伊原後輩の過去も教えることはできないし」

早伊原の中学での様子。それを尋ねたが、上九一色は「答えられない」と言った。理由を聞くと、「口止めされているから」らしい。

藤ヶ崎《ふじがさき》高校では、六月に一人、教師が辞めている。それは、早伊原が何らかの方法を用いて辞めさせたのであるが、その教師は、上九一色の所属している部活の顧問だった。一人の部員にセクハラ発言ばかりをして、部長である上九一色は困っていたらしい。それをどこからか聞きつけた早伊原が教師を辞めさせた。上九一色に恩を売ったのだ。そして、早伊原は上九一色にとある約束をさせた。「私の過去を、春一先輩に言わないこと」。上九一色はその約束を守った。

「自分のことを利用価値がないとか言うなよ。別に僕は、利用価値があるから君の友達をしているわけじゃない」

「……ハルって、そんなこと言う人だった？」

意外そうに言われて、僕は若干心が痛む。今までどう思われていたのだろうか。まあ、ひどい男と思われても、仕方ないんだけれど。僕は上九一色にそういうことをしたことがあるから。

「一緒にいる理由なんてないよ。ただ一緒にいるだけで」

「違う」

「一緒にいたいと思うから、一緒にいるだけだよ」

「違う」

「君のことが好きだから一緒にいたいと思うんだ。これからもずっとよろしく頼む」

「正解」

上九一色は満足そうに、腕を組んでうんうんと頷く。心にもない言葉に満足されて、僕はいつも通りに釈然としない。上九一色曰《いわ》く、「女性の扱い方を教えてやっている」らしい。

「私も君のことは好きだけど、君には早伊原後輩が必要だ。しかして彼女にも君が必要。お互い求め合う者こそ、一緒にいるべきだと私は思うんだ」

僕に早伊原が必要。早伊原にも僕が必要。そんな運命で結ばれたような二人は、一緒にいるべきだ、と。

「ダウト」

これは、彼女の考えではない。上九一色は、人間関係にもっとドライだ。彼女は嘘がバレたというのに、少しの気まずさもなく続ける。

「そうだね。確かに私は、お互いに求め合う者なんかいない、と思っている。誰が誰にでもなれて、自分は一つの要素を満たす役目でしかないのだと。家族以外は、どれだけでも穴埋め可能だとよく言うしね。でも、今ここでは、この言葉を贈るのが、一番適切なんだ」

思ってない言葉なんて無駄でしかない。嘘は、人を動かさない。でも、僕と上九一色のこういうやり取りは何度もしていて、お互いの価値観の違いを既に知っている。知った上で許容している。だから僕は「そうか」とだけ返す。

「……上九一色。本当に、早伊原の過去の様子を僕に語れないことを、気にすることはない。僕の方で、何とかするよ」

「何か手がかりでも？」

僕は鞄《かばん》を開け、中から一冊の、手のひらサイズのノートを取り出す。ピンク色で、擦《こす》れが見られる古びたノートだ。

「なんだい、それは」

「早伊原樹里の、小学校時代の日記だ」

　上九一色は頭を抱える。

「……君ってやつは」

「君の想像しているようなことはしていない。早伊原の部屋で、棚にぶつかったときに落ちて、そのまま僕のポケットに入ったんだと思う。家に帰ってから気付いたんだ。早伊原に返そうとしたら、『せっかく先輩が手に入れたヒントですし、見てもいいですよ』と言われたんだ」

　本当だ。気が引けた僕だったが、本人が許可しているので、遠慮なく見させてもらうことにした。

「随分、早伊原後輩になめられているんだな」

　僕は笑って、「まったくね」と答える。

「とにかく、心配するな。会長のことも、まずは僕が動いてみる」

だめだったら、上九一色にお願いしよう。でも、たぶん、断られるだろう。それは上九一色の主義に反するからだ。

「分かった。君は頼りになる男だよ、ハル」

　彼女が出ていこうとするその背中に、再び声をかける。

「……なあ」

「今度はなんだい？」

「会長の…………いや、何でもない」

無理だろうと思って口にするのをやめた。上九一色は、あくまで上九一色だ。そこまで甘い覚悟でやっているわけではないだろう。今回のことがいくらイレギュラーだからと言って、彼女が自分自身に妥協することはない。

「そうかい。それじゃあ」

上九一色は今度こそ生徒会室から去っていった。

まずは、会長の秘密を摑もう。

僕は、会長の秘密を知る人物を、知っていた。たぶん、教室にいるだろう。放課後、たいてい彼女たちは教室で話しているからだ。僕は生徒会室をあとにし、教室に向かった。


いてくれ、と願いながら教室の扉を開けると、教室に一つの集団が目に入った。僕の探していた人物はその中心にいた。五、六人の女子集団は入ってきた僕には気が付かないようで、話を続けている。

我利坂智世《がりざかともよ》。巻いてある髪を指先でいじっており、スカートの丈を短くしているというのに足を組んでいた。頰には濃いチークが入っており、唇はグロスが塗ってあるのか艶《つや》やかだ。学園祭のあの日から、彼女の化粧は濃くなった気がする。たまに、担任から注意を受けていた。

まっすぐ彼女に近づく。目の前に立つと、話を中断し、顔を上げた。集団全員が僕を見る。心臓の鼓動が速くなり、言葉が出なくなりそうだった。僕は深く息を吸って、一息で言い切る。

「智世さん、話があるんだ。ちょっといいかな」

「ごめんね。ちょっと都合悪いかな」

やんわりと断られる。その言葉の奥に強い拒否の意思が隠れているのを知っていて続ける。

「緊急なんだよ、頼む」

智世さんを囲んでいる女子生徒の一人、めぐみと目が合う。彼女は、智世さんと仲が良い。だから、僕が智世さんに嫌われた学園祭の日から、僕とめぐみは、教室で話さないようにしていた。めぐみが苦笑いをする。

「ハルくん……ここは、ちょっと」

めぐみの言葉を無視し、智世さんに話しかけ続ける。

「頼む。すぐに済むから」

めぐみがまた何かを言い出そうとしていたが、すぐに智世さんが止める。

「分かった。ちょっとだけね」

智世さんが、仕方なさそうに言った。彼女を引き連れ、教室から出る。その間際に、不安げな表情をしためぐみが目に入った。ちょうど隣のクラスは誰もいなかったので、ここを使わせてもらうことにした。

「智世さん、会長の秘密を教えてもらいたいんだ」

我利坂智世は、かつて生徒会役員だった。短い期間であったが、その間に、事故で、彼女は会長の秘密を知ってしまったらしかった。僕は当時、大したことではないと思っていたが、今になってそれは、非常に重要な情報なのではないかと思い始めたのだ。

智世さんは、先ほどとはまったく違う、冷たい声で言い放つ。

「もう二度と私に話しかけないで」

そしてそのまま教室を出て行こうと、体の向きを変えた。

「頼むよ」

頭を下げる。智世さんが背中を向けたまま言う。

「私に嫌われてる自覚ないわけ？」

「あるけど、今回はそんなこと言ってる場合じゃないんだよ」

時間がない。明日の放課後までに、何とかしなくてはいけない。なりふりかまっていられないのだ。

彼女は嘆息して、教室から出て行く。

だめだったか。聞く前からそんな気がしていたから、さほどショックはない。これは、自分が紫風祭でとった行動の結果なのだ。後悔はない。

帰ろうと思い、玄関へ向かう。すると、下駄箱で、見覚えのある人物を見かけた。鮎川瑞人先輩だ。誰かを待つように、下駄箱に寄りかかっている。どこか、やつれて見えた。

「鮎川先輩、何してるんですか？」

声をかけると、こちらを向く。いつものクールな様子はなく、げっそりとした様子だった。

「あぁ、矢斗」

鮎川先輩は、歯切れ悪く言葉を発する。僕と視線を合わせないし、明らかに様子が変だった。

「どうかしたんですか……？」

「あのな、俺。会長の辞める理由、分かってるんだわ……」

僕は眉をひそめる。ただごとではない雰囲気を感じる。

「最初から、分かってたんだ。でも、認めるのが怖くて、他に何か理由がないのかって思って……現実逃避してた。……会長が辞めるのは、俺のせいなんだ」

「先輩のせいで、会長が辞めるって……それって、どういうことですか？」

会長の隠していることを、鮎川先輩は何か知っているのだろうか。会長と鮎川先輩の仲は悪くない。むしろ、生徒会をやっている分だけ、良いと言えるだろう。鮎川先輩のせいで、会長が辞める決意をしたとは考えられない。

鮎川先輩は、決意したように僕と視線を合わせ、言う。

「俺、お前に隠してたことがあるんだ」

鮎川先輩が僕に隠していたこと。

「……そうなんですか」

実を言うと、僕はそれに心当たりがあった。

鮎川先輩がこれから語ろうとしているのは、生徒会相談ポストについてのことだろう。その真実を、僕はもう知ってしまっている。しかしそれが、会長が辞めると言い出した理由に繋がるとは思えなかった。

「俺、実は――」

苦しそうに語る鮎川先輩の話を聞きながら、生徒会相談ポスト怪文事件――早伊原が仰々しくつけた事件名のことを思い起こす。

閑話　生徒会の日常2

七月の、学園祭が終わった頃の話だ。生徒会の会議が終わり、めぐみと鮎川先輩が帰った。僕はしばらく生徒会室でゲームをしたいために残ろうと思っていた。会長と、戸締りのことで話をしていると、篠丸先輩がやってきたことがあった。

「はい、これが最終の会計だから。よろしく」

会長がプリントを受け取り、敵対的な視線を篠丸先輩に投げた。

「そんなに睨むなって。虚偽申請のことは謝るからさ」

「いや、別に。ただ、見抜けなかったの不甲斐ないなって思ってるだけ」

篠丸先輩は困ったように笑う。

「いやぁ……あれは分からないようにしてたからね」

会長は微笑む。

「まあ、うちの春一くんにかかれば、何でもバレちゃうけどね」

急に僕の名前が出て驚く。篠丸先輩が僕の方を見て、微笑む。篠丸先輩が浅田と付き合うようになってから、僕も篠丸先輩と話す機会は増えた。

「はいはい、それじゃあ。確かに出したから」

そう言って、篠丸先輩は去っていった。

会長と二人きりになる。興奮冷めやらぬ様子で、「もう」とつぶやき、さきほど提出された書類に目を通していた。

「会長は、篠丸先輩と何を張り合ってるんですか」

「別に張り合ってるわけじゃないわよ。篠丸って、爽《さわ》やかな笑顔で私を騙してくるから、油断ならないやつなの」

「なるほど……」

これ以上、このことに突っ込むのはやめておこう。

「そう言えば、篠丸先輩、浅田と付き合うようになってから、女の子らしくなりましたよね。髪とか伸ばし始めて」

会長がきょとんとする。

「まあ……、でも、私の方が髪長いわよ」

「…………そうですね。会長の方が女の子らしいですね」

即座に最適解を返す。別にそういう意味で言ったわけではないのだが。どうして張り合おうとするのか。僕の言葉の不自然さに気が付いたのか、慌てて訂正する。

「いや、別に張り合ってるわけじゃないからね？　ただ思っただけだから」

「はい、分かってます」

「分かってないでしょ！」

会長の顔が徐々に赤くなっていく。

「大丈夫ですから……」

「そりゃあ、多少は競ったりもするけど、それは切磋琢磨してるだけで、別に噛みついてるわけじゃないの」

僕は頷くほかない。

「……分かりました。じゃあその書類、チェックしましょうか」

「そうしましょう。絶対に何かミスを見つけてやりましょう」

「………そうですね」

僕の抑揚のない声に反応して、会長の顔がまた赤くなった。

三章

繰り返し投函される恋愛相談の秘密

1

『好きな人がいます。応援してもらえませんか』

生徒会相談ポストにこのメッセージが入っていたのは、夏休みが明けてすぐのことだった。

生徒会相談ポストというのは、生徒用玄関に設置してあるお手製ボックスのことだ。下駄箱で上履きに履き替え、教室に向かおうとすると、必ず目に入るようになっている。このボックスの横にはフォーマットが印刷された紙が置いてあり、無記名で、生徒会に対する意見や相談を投函《とうかん》することができる。

皆の声を聞く、という目的で設置してあるが、実際に投函されるのは珍しいことだった。生徒会に用事がある人は直接訪ねてくるし、要望があれば、そのクラスの委員長に言えば、生徒会に伝わる。特に活用されていないシステムだった。

しかし、あることに意味があるので、廃止するわけにもいかない。よって、ポストをチェックする人間が必要となる。鮎川《あゆかわ》先輩から引き継いで、ポストの管理は僕の仕事だった。毎日チェックするということになっているが、実際は週に一度しかチェックしていない。それも忘れることもあるので、二週に一度なんてこともある。

なんとなく、夏休み明けの初日の朝、チェックをした。そのときは何も入っていなかった。しかし二日目、『好きな人がいます。応援してもらえませんか』というメッセージが入っていたのだ。

僕は生徒会会議で、このことを議題とし、相談用紙を机の上に置いた。皆がそれを回し読む。

この会議に出席していたのは会長、鮎川先輩、僕、めぐみの四人だった。

皆が腕を組んで考え込む中、めぐみが明るい声を出した。

「なんですかこれは。キュンキュンするんですが……」

そう言って大げさに胸のあたりを抑えて苦しそうな表情をした。

会長が代表してそれに答える。

「いやあ、私もね、応援してあげたい気持ちは山々なのよ。でも、どうしてこの子、相談ポストに出しちゃったんだろ……」

生徒会相談ポストは、無記名なのだ。だから、「応援してくれませんか」と言われても、誰を応援すれば良いのか分からないのであった。

「こんなの悪戯だろうよ。くだらないことに時間使ってないで、もっと有意義な会議にしようぜ」

鮎川先輩の言葉に反発したのは会長だった。

「真剣に悩んでるのかもしれないでしょ。その可能性があるんだから、放っておくわけにはいかないよ。私たち、生徒会なんだから」

正直言って、僕も悪戯だと思っていた。だからこの議題はすぐに流して、次の議題に移ろうと考えていたのだ。でも思い返せば、会長はこういう部分で真面目すぎる人だった。食いつくのは、想像できた。

「でも会長。無記名ですし、探すのは難しいんじゃないでしょうか。こちらから呼びかけるにしても、中身が中身ですし……難しいですよね」

こちらが掲示を出すことはできたが、悪戯だった場合、反応することで悪化することも考えられた。だから、あえて深くは追及せず、難しい、ということにしておく。

「今回は、仕方ないと思います」

鮎川先輩が「ほら、矢斗《やと》がそう言ってるんだぞ」と乗っかる。会長は悩む素振りを見せる。

「でも、待ってる子がいるかもしれないんだよ？」

それはそうなのだけれど、多分、悪戯だと思う。

でも、会長のこういう部分が好きだった。無茶な要求であるが、答えようとする会長を、応援したくなる。だから無理やり却下するようなことは言わなかった。

議論は平行線だった。鮎川先輩が「悪戯でしょ。次進もうぜ」と言い、会長が「いや、でも」と食い下がる。この構図が五分ほど続いた。僕はそれを聞き流しながら、今日の晩御飯の買い出しはどうしようか、と考えていた。

最後は会長が、会長権限を使って決着をつけた。

「この差出人は、私と春一《はるいち》くんで探す、ということで」

「あ、僕もですか」

さりげなく僕が巻き込まれていた。まあ、僕が生徒会相談ポストの管理者なので、当然と言えば当然である。

「その間の庶務は、鮎川とめぐみ、お願い」

それに、鮎川先輩とめぐみは付き合っているのだ。どちらかを引っ張り出すと、鮎川先輩とめぐみをペアにはできない。自然と、会長と僕のペアが出来上がるのであった。

こうして、僕と会長の無記名の差出人探しが始まった。

無記名の差出人を絞り込むことは、やはり難しかった。

まず、筆跡から性別を割り出そうとしたが、意識的に筆跡を変えているのか、男子とも女子ともとれない文字であり、素人《しろうと》の筆跡鑑定では「右利《き》きである」という、さほど役に立たない情報しか得られなかった。

次に取った行動は、僕が一番やりたくない、掲示による呼びかけである。「九月三日に相談ポストに投函した生徒。内容について相談したいことがあるので生徒会室に来てください」と掲示した。しかし、一週間経っても投函した本人が現れることはなかった。幸いなことに、悪戯ポストが来ることもなかった。相談ポスト内は、いつものように空だった。

「うーん……、難しいね」

相談ポストを前にしながら、会長がうなる。

最近の生徒会は、最初に生徒会室に集まり、皆でしなければならない会議を行い、それ以降は僕と会長、鮎川先輩とめぐみの二班に別れて行動するようになっていた。僕と会長は生徒会室から出て、作業をすることが多く、鮎川先輩とめぐみは、生徒会室で庶務を行っていた。

しかし、そうやって二班に別れて行動するのも、今日が最後だろう。もう、打つ手がなかった。潮時だ。

「会長、申し訳ないですが、他に思いつく手がありません」

相談の内容を公表すれば、生徒が興味を持ってくれて、生徒内で投函者探しが始まるかもしれなかったが、それでは意味がない。僕らは別に、責めたいわけではないからだ。僕らだけが知る必要があった。

「そっか……」

会長は残念そうにうつむく。その表情を見て、助けてあげたいと思うが、僕にはもうできることがなかった。

「あとは、待つしかないでしょう」

会長は「そうだね、仕方ない」と困ったような笑顔を見せた。

庶務を手伝おうと、二人で生徒会室に戻ろうとしているとき、廊下の向こう側から鮎川先輩がやってきた。

「どうかしました？」

「いや、そっちの首尾はどうかな、と思って」

会長の顔をうかがいながら、僕が答える。

「打つ手は全て打ったんですが、もうどうしようもないので終わりにしよう、ということにしました。あとは待つだけです」

「なんだ。じゃあ手伝うことは特にないんだな」

鮎川先輩が頭の後ろで手を組んで、暇そうにあくびをした。

「庶務はもう終わったんですか？」

「毎回十分で終わるっつーの。めぐみの方もそろそろ終わるだろ」

こっちに来るくらいなら手伝ってあげれば良いのに。三人で生徒会室に戻ると、めぐみは机に突っ伏して寝ていた。鮎川先輩が声をかける。

「めぐみ、起きろ。もう仕事はないってよ」

めぐみは静かに寝息を立てている。鮎川先輩が何回か「めぐみ」と呼びかけるが、起きることはなかった。仕方がないので、僕が肩を揺する。「んあ……」と声を上げて、目をこすりながら上半身を起こした。

「……えっ？　なに？　え？　……あたし、なんかした？」

皆、その様子を見て笑う。彼女だけがいじけたように眉を下げながら、首をかしげていた。

生徒会相談ポストの一件はこれで幕を閉じ、後の笑い話になった——ということはなかった。

次の日、登校したときに相談ポストを確認するが、何も入っていなかった。

昼休みに、何気なく確認すると、今度は入っていた。

『好きな人がいます。応援してもらえませんか』

内容は、以前と全く同じであった。

2

相談ポストに、同じ内容のものが入っていたということを、僕はその日の放課後、生徒会の議題で出した。朝にはなくて、昼休みに入っていたことも伝えた。

「やっぱり、私たちの協力を待ってる子がいるのね」

会長は目を輝かせてそう言うが、鮎川先輩が「いや」とそれを否定した。

「なおさら、悪戯なんじゃねえの」

僕も、そちらの考えだった。投函者は、一通目に、自分の名前を書いていないことに気付いたはずだ。僕らは掲示もした。投函者は、こちらの反応が気になっているはずだし、掲示は見たと考えられる。それで、名前入りの二通目を出すというのなら分かるが、また無記名だ。

そもそも、生徒会相談ポストは無記名制なのだ。そこにこんな個人的な相談をしてくること自体がおかしい。

「あたしは、相談者、ちゃんといると思うけどなぁ」

めぐみが会長の側につく。そこで、三人の視線が僕に集まった。僕は正直に言う。

「……僕は、悪戯だと思います」

「ほら、矢斗もこう言ってるだろ？」

「いや、別に僕が言ったからって根拠になりませんよ」

「何言ってんだよ。生徒会で一番、頭回るの、お前だろ」

めぐみがすぐに反応する。

「でも、ハルくん、一回も一位とったことないよー？」

にやにやと、僕を嘲《あざけ》るような視線を投げかけてくる。成績のことは気にしてるので言わないで欲しい。

生徒会で一番成績が良いのは、鮎川先輩だった。常に首位を独走している。特に理数系に強く、僕は勉強を教えてもらう代わりに先輩からゲームやアニメのノルマを課されている。サブカルを語れる人を増やしたいそうだ。次がめぐみ。そして、会長と続く。会長は一度だけ一位をとったことがある。

鮎川先輩が何とか言ってくれるだろうと流れで思っていたのだが、予想とは裏腹に、彼は口を閉ざした。それが逆に責められているようで心が痛かった。

「まあ、はい、なんかすいません……」

「いやいや、春一くん、気にしなくていいんだよ。たまたま歴代生徒会役員が、総合一位をとったことがある人が続いてただけで、条件でも何でもないんだから」

会長が僕を心配そうな視線で見る。この人、慰め方、下手すぎやしないか。わざとなのかと思ってしまうが、会長の表情は真剣だった。

「そうだよ、ハルくん。気にしなくていいんだよ？　いくらアレでも大丈夫だからね？　ちゃんと生徒会の仕事ができればいいの」

　こいつはわざとだ。僕がいつもめぐみに冷たく当たっている仕返しだろう。

「矢斗のことはそのくらいにしといてやれって。こいつにだってすごいところはあるんだよ。シューティングがうまいとか、アニメの着眼点が鋭いとか。……恋愛シミュレーションは苦手だけど」

　鮎川先輩はこれで褒めてるつもりらしい。別に僕は恋愛シミュレーションが苦手なわけではない。まず間違った選択肢から入って、全てのエンディングを回収したいだけだ。

……本当だ。

　とにかく、と、僕は大きく咳払いをする。

「投函されていた内容が悪戯かそうじゃないのか、話し合いましょう」

　生徒会が終わり、いつものように生徒会準備室に向かう。ドアを開けると、本を読んでいた早伊原《さいばら》はそのままで、こちらを向くことはなかった。読書に集中しているのだろう。僕が入ってきたことにも気が付いていないのかもしれない。

　僕はそうっとドアを閉めて、鍵をかける。音を立てないように椅子を引いて、座った。

僕も読書を始める。こうやって二人で本を読んで過ごすのにもずいぶんと慣れた。毎日読書が捗《はかど》るのは嬉しいことだった。何となく、小学校のときのことを思い出す。毎日、放課後、図書室に通っていた。理由があって苦々しい思い出ではあるが、それでも、僕の大切な記憶だった。

本を開いて、小学校時代のことに思いふけっていると、早伊原が突然声をかけてくる。

「先輩、何か私に隠してること、ありませんか？」

視線を本から彼女へと移す。

「……あー、君にあげた修学旅行のご当地お土産が、羽田空港で買ったものってことか？」

「違います。っていうか、そうだったんですか」

他の心当たりを探す。

「君の背中にカメムシが付いていているのを気づいてて黙ってたこと？」

「違います。っていうか、言ってください」

「そうだな……、植木鉢になめくじのおもちゃを何匹か浅く埋めていて、いつ気づくか楽しみにしていること、かな？」

「それも違います。何最低なことしてるんですか。取り除いてくださいよ」

早伊原はため息をついて、仰々しく僕の声真似をする。

「僕と、青春しよう。僕には樹里、君が必要だ。ずっと一緒にいてくれないか。……ああ、いいんだ。僕は君に飯をおごるＡＴＭでいい。だから、そばにいてくれ——そう言ってくれたのになぁ」

「君が僕のことをどう思っているのかは分かった」

実際に僕が言ったのは、最初の一文「僕と、青春しよう」、それだけだ。僕は、紫風祭で、自分の納得する選択をしていくことを決意した。そのためには、早伊原の推理力が必要だった。「僕と、青春しよう」、それはつまり、僕と一緒に謎を解いてくれ、と言っているということだ。僕が取り組んでいる謎を、早伊原が知らないのは、その言葉に反している。

「先輩は、いつになったら私に、生徒会相談ポスト怪文事件の概要を話してくれるんでしょうか」

早伊原は不自然なほど、にっこりと深い笑顔を浮かべ、そのまま固まる。やはりそのことだったか。

「謎を教えるっていう約束だって、最初にしましたよね？」

「ああ、確かにした。だけど、聞いてほしい。別に僕は謎を秘密にしていたわけじゃない。僕はこれを謎だと思っていないんだ」

悪戯。そう思っている。だから言わなかった。これはただの、生徒会の仕事だ。僕はきちんと、何かあったら、早伊原に相談するようにしている。

「『好きな人がいます。応援してもらえませんか』、これが二回も投函されたんですよね？　それはもう謎ですよ」

もう二回目のことを知っているのか。さっき会議を終えたばかりだというのに。会長から聞いたのか。

「どうして謎だと言える。ただの悪戯だろ」

「確かに悪戯でしょう。でも、そこに意図を感じませんか？」

意図。彼女が言おうとしていることは分かる。ここで粘っても仕方がない。僕はこれを謎だと認めることにした。

「どうして、こんな内容にしたのでしょうか。悪戯にしては不自然じゃないですか？『応援してもらえませんか』と言っているのに、名前を書かないんですよ」

それは、矛盾だ。誹謗《ひぼう》中傷の内容なら分かる。しかし、今回のは手が込んでいる。生徒会を困らせたいだけならば、いくらでも他に方法はあった。有体に言えば、不自然であった。その不自然さは、人の意思が介在していると、確かに思えた。

「何か、しようとしている」

「そうですね。私もそう思います」

早伊原は楽しそうな黒い笑みを浮かべ、言った。

「犯人を突きとめ、聞いてやりましょう。『どうしてあんな内容のものを投函したのか？』と」

謎には興味がない。誰が投函者で、どんな理由で出したのかも、僕には関係のないことだからだ。でも、会長が心配している。誰かが今も、生徒会の助けを必要としているのではないかと、気をもんでいるのだ。だから僕は、この謎を解くことにした。

3

それから三日後、三通目が届いた。まったく同じ内容であった。これで、ある程度絞り込むことができた。

その日の放課後、めぐみが智世さんのところに行く前に、廊下で話しかける。智世さんたちに見つかる前に早めに話を済ましてしまおう。

「めぐみ、ちょっと聞きたいことがあるんだけど」

話しかけられた彼女は、振り返り、意外そうな顔をした。

「どうかした？　生徒会室以外で話すなんて久しぶりだね」

「まあね……、生徒会相談ポストのことなんだけど」

「あぁ、あれ、まだ調べててくれたんだ」

「一応な」

めぐみが「ふーん」とやたら伸ばして、にやにやしながら僕の顔を覗き込む。

「会長のため？」

彼女を睨んで、話を進める。

「あの投函者、僕らのクラスにいるかもしれないんだ」

僕らの高校は九十分授業を採用している。つまり、一日が四限構成なのである。僕は各授業間休み、昼休み、そして放課後と、生徒会相談ポストをはった。しかし、投函者を見つけることはできなかった。

三通目は昼にはなく、三限終わりにはあった。

それがどういうことを意味するか考える。生徒会相談ポストは、下駄箱付近の廊下に設置してある。下駄箱は教室棟と特別棟を結ぶ廊下にある。つまり、移動教室の際、この廊下を通るのだ。

僕の考えが正しければ、投函者は、用紙を先にとって、あらかじめ書いておき、移動教室で前を通った際に入れているのだ。

そして、三限に移動教室があるクラスは三つしかなかった。かつ、二通目も同じ条件で投函していると考えると、投函者は僕のクラスの中にいるということになってしまう。二通目のときは授業間休みにはったりしていなかったので検証が甘く、確定とは言えない。しかし、可能性は高いだろう。

「へえ、クラス内にね」

「そうなんだ。それで、今日の三限、物理室に移動したわけだけど、その時に友達が投函しているのを見なかったか？」

「見なかったかなぁ……」

「いつも一緒に移動してるけど、今日は一緒に移動しなかったとか、そういう子は？」

「うーん、いなかったね」

智世さんのグループは、クラスで一番大きい。その中にいるかもしれないと思い、めぐみに聞いたのだった。しかし、外れのようだ。彼女たちの中に投函者はいないのだろう。

「そうか……参考になった、ありがとう」

投函者は、行動が厳しく限定されているのだと考えられた。だから放課後や休み時間に投函することができない。そのときは、一人になれないのだ。一方で、移動教室の際は一人だと考えられる。誰かが一緒ならば、ポストに投函したのを見られてしまうからだ。内容的に、友人に投函しているのを見られたくないだろう。一体どんな内容を投函したのか聞かれ、それが話題となってしまうかもしれない。

休み時間に一人になれず、移動教室で一人になれる人物。それはなんだか矛盾しているように感じられた。どちらかといえば、休み時間の方が一人になるタイミングはいくらでもあるのではないか。移動教室の時の方が、だれかと一緒に行動することが多いのではないか、と思う。

次は見逃さない。そうして、次のメッセージが投函されるのを待ち続けた。次投函されたら、必ず個人まで特定する。そう意気込むが、結局、特定することはできなかった。なぜなら、もうそれ以上、投函が続かなかったからだ。

これ以上、投函者を絞り込めそうになかった。


一通目は月曜日から火曜日のどこか。二通目はその一週間後の火曜日、朝から昼休みまでの間。三通目は金曜日、三限の最中。そして、それから五日が経った。僕は一時はるのをやめて、早伊原に会いに、生徒会準備室へ向かった。

一通目、二通目、三通目。これらの投函ペースの乱れが気になる。乱れているというか、何も意図していないように思う。これはやはり、僕の考えすぎで、ただの悪戯なのだろうか。

「そんなことないですよ」

僕がそう言うと、早伊原はそれを鼻で笑った。

「というか、先輩、体をはるのは先輩らしくないですよ」

「ああ、確かにそれは僕らしくなかった。そういうわけで、生徒会相談ポスト周辺にビデオカメラを設置したんだ」

「それじゃ同じことですよ。先輩、そんなんじゃ将来、私にこき使われて一生を終えますよ」

恐ろしい未来予想図だった。

「長時間の肉体労働は、一瞬の頭脳労働で済ますことができるんです。時間かけて育てたキャラクターが、一瞬で課金して強くなるのと一緒です」

「どうしてそう、極端なたとえを……」

「いいですか」

早伊原は人差し指をたてる。

「先輩は、普遍的に見すぎなんですよ。犯人がいるんです。犯人の気持ちをもっと考えてください」

「はあ」

僕だって別に何も考えていないわけではない。

「私にはもう、犯人が分かっていますよ。先輩の話に、ヒントが隠されていました。動機までは、分かりませんけどね」

僕はそれに驚く。僕の話を聞いただけで分かる？　つまりそれだけ単純だということだ。

もっと、投函者の気持ちになる。

僕が、投函する側だったら。

何かの意図があって投函している。意図、というのは、何かを、誰かを動かしたい、ということだろう。その目的があって、投函した。

三度、投函した。

もし、僕なら。投函のタイミングさえも、メッセージになる。時期も気を付けなくてはならない。

「あれ……？」

時期。タイミング。

僕はそれを、投函者の行動が限られているからだと考えていた。だから移動教室の際に仕方なくやったのだろう、と。

敢えてこのときに出しているとしたら。そこに、メッセージが含まれているとすれば。

「…………そうか」

4

次の日の放課後。いつものように生徒会の会議が行われ、一時間以内で終わった。会長はもう、生徒会相談ポストについて何か言ってくることはなかった。僕も、三度目は報告していない。変に期待させるのは、申し訳ないからだ。

それに、これは、会長が思っているようなストレートな手紙ではない。

『好きな人がいます。応援してもらえませんか』

本当に応援してもらいたいなんて、思っていないだろう。

投函するタイミング、時期は一見してバラバラのように思えた。そこに意味はなく、ただの偶然だと、そう考えていた。でも、視点を変えれば、そこに規則性が見えてくる。

「なあ……」

生徒会の会議が終わって、彼女をすぐに呼び止めた。そうしないと、もう彼女に会えないからだ。

「一体、どういうことなんだよ。どうして、こんなことをした」

「…………」

彼女――めぐみは、ただ黙ってうつむいていた。

犯人は、彼女しかいない。

一通目の手紙。あれを出してまずは様子を見た。会長がまともに取り扱おうとしたために、そちら側につく。しかし、差出人に迫ることはなかった。もう諦《あきら》めよう、そう判断した次の日に、二通目が届いた。これはタイミングが良すぎる。まるで、探すのを諦めるな、と言うかのようだ。そして三通目。僕がもたついて投函者を特定できないでいると届いた。自分に誘導するようだった。

投函者は生徒会内にいると、真っ先に気が付くべきだった。

「……別に、君を責めようだなんて思ってないよ」

めぐみは鮎川先輩と付き合っている。それなのに、好きな人、とはどういうことなのだろうか。

「教えてくれ。何か理由があったんだろ……？」

彼女はしばらく黙っていた。いつもの明るいイメージはなく、伏せた目からは乾いた印象を受けた。顔を上げて、僕を見る。その瞳の色は、あまりに黒く、別人と相対しているかのようだった。すべてを悟り、まるで諦めたかのような目。彼女の心の闇を垣間《かいま》見た気がした。

「僕はただ、納得したいだけだ。どうしても知らなきゃいけない理由があるわけでもない。君がそこまで語りたくないって言うのなら、諦めるよ」

僕が咄嗟にそう言ったのは、怖かったからだろう。彼女の目を見て、怖気《おじけ》づいたのだ。

その場を去ろうとすると、めぐみが口を開いた。

「ただ、……苦しかっただけだよ」

どうやら話してくれるらしかった。

「……好きな人がいるっていうのは」

「本当だよ。……気が付いてたでしょ？　私と瑞人がうまくいってないの」

「……それは」

確かに、おかしいと思うことは何度かあった。肝試しのとき、鮎川先輩とめぐみをペアにしたのに、鮎川先輩から反対意見が出たり、二人の会話がまったくかみあわなかったり、寝ているめぐみに対しての鮎川先輩の行動だって、おかしかった。二人で庶務を任せたのに、鮎川先輩だけがこちらの手伝いに来たりもしていた。

でも、だからと言って、こんなやり方なんてあるか。他に好きな人ができて、それを何とかして気付いてもらいたい。論理は分かる。だけど、感情的に受け入れられる話ではなかった。

「……できれば、瑞人に、気付いてもらいたかった。直接言うのは、怖いから……」

「怖い、か」

何を言っているんだ。そんな、無責任なこと、許されるのか。彼女の行動は、鮎川先輩の気持ちを踏みにじっている。

「君は、何様なんだよ。こんなやり方、ないだろ。直接言って、謝って……そうすべきだろ」

自分が傷付きたくないから。

「……こんなのって、ないだろ」

僕は、めぐみと鮎川先輩のことを応援していた。二人はお互いのことを尊敬していて、二人でいることがお互いにとってプラスになるような、そんなカップルだと思っていた。理想のカップルであると考えていた。だから、その実態を見て、目まいがした。

「……君は、結局、鮎川先輩のことなんか好きじゃなかったんだよ。察してほしいとか、相手に切り出してほしいとか……そんなの、相手より自分が大事だから出てくる考えだろ」

めぐみはそれから長い間沈黙した。

「僕は、言わないからな。誰にも、鮎川先輩にも、教えない。このことは、なかったことにするから。だから、自分で何とかしろよ」

鮎川先輩とめぐみは本当に心が通い合っているんだと、彼はめぐみの心の安らぎになっているのだと、思っていた。

そこに彼女は本物を見出《みいだ》したのだと、安心していた。

でもそれは、僕の身勝手な幻想を押し付けていただけなのかもしれない。

めぐみは何も言わず、小さくこくりと頷いた。少し、感情的になりすぎた。

「ごめん……」

僕は謝って生徒会室から去った。

＊＊＊

「俺、実は――」

苦しそうに、鮎川先輩は話す。その声を聞いて、彼は、めぐみのわがままを知ってしまったのだろうと思った。そこで深く絶望したに違いない。

でも、彼が次に発した言葉は、僕が予想していなかったものだった。

「――もう、とっくに別れてたんだよ」

「え……？」

別れていた？

「いつから、ですか？」

「……夏休み前からだ」

じゃあ、合宿に行ったときには、もう別れていたのか。

「でも、まるで付き合っているように、振舞っていたじゃないですか」

ギクシャクはしていたけれど、でも、二人で行動はしていた。

「付き合っていることを、偽装してたんだよ」

僕はその言葉に眉をひそめた。鮎川先輩とめぐみは、もっと純粋なカップルだと思っていた。それじゃあまるで、僕と早伊原のようじゃないか。

「もしかして、相談ポストのことも、知ってるんですか？」

「あとになってから気が付いた」

納得ができなかった。

もう既に別れていた？　それじゃあ、めぐみの話は何だったんだ。既に別れているのなら、あんな事件を起こす必要がなかった。あれは、めぐみが自分から別れようと怖くて言えないから起こした事件だ。詳しく話を聞く必要がありそうだった。

めぐみは、新しく好きな人ができていた。だから、生徒会相談ポスト怪文事件のときには、既に振って、別れていたのだろうか。

「振ったのは、めぐみですか？」

「いいや、違う。……別れ話を持ち出したのは、俺だよ」

頭が殴られたような衝撃にしばらく言葉を失う。

「……それじゃあ、あの相談ポストの内容は、何ですか」

他に好きな人ができて、でも彼氏がいて、別れる勇気がでなくて、だから、どうしようもなくなってあの手紙を投函したのではないのか。

「あれは、めぐみが、自分のせいで別れたと思わせたかったからやったことだ」

それなら、僕にああいう嘘をついたのも納得できる。でも理由がまるで分からない。

「……どうしてそんなことを」

「そもそも、生徒会内での恋愛は禁止だ。生徒会の中心メンバーは少数精鋭で、学校を回している。だから、人間関係のごたごたが起きると、すぐに機能しなくなるんだ。……でも、俺はめぐみが好きだった。だから、会長に頼み込んで、告白の許可をもらったんだよ。あいつはすんなり応援してくれたよ」

生徒会内での恋愛禁止。一年前、会長は、それを重視しないと言っていた。それは、二人を見てのことかもしれない。

「それなのに、別れることになっちまった。そんなの……会長に合わせる顔がねえだろ。せめて任期までは、付き合っているふりをしようと、俺から提案したんだ」

残酷な提案だ。

「生徒会を維持するには、それしかなかった。めぐみは提案を飲んでくれたよ。これでうまくいくはずだった。……でも、だめだった。付き合ってるふりなんて、できなかった」

できるわけがない。僕と早伊原が安定しているのは、お互いに気持ちがないからだ。手を繋いでも、肩が触れ合っても、何も思わない。そこに気持ちがあったら、うまくいくはずがない。

「俺が辛くなっちまったんだ。……本当、情けない話だけどな。めぐみはそれで何度も、皆に別れたことを言おうと提案してきた。だけど、俺が拒否した。どうしても、会長には言えなかった。あの、告白を許してくれたときの会長の笑顔を思い出すと、無理だった」

鮎川先輩は、いまにも泣き出しそうで、こんな彼を見たことがなかった。こんな顔をするのだと想像したこともなかった。

もっと、男らしい判断をして、その判断を貫くのだと、勝手にそう思っていた。

「だからめぐみは、あの手紙を投函した。自分に新しい好きな人ができて、そのせいでうまくいっていないと、そういうことにしたかったんだ。めぐみのせいで別れたことにすれば、俺の面子《メンツ》が保てるって、そう思ったんだろう……俺、最低だな、本当に……」

「……」

慰めの言葉はかけない。だけど、責めもしない。勝手に鮎川先輩を勘違いしていたのは僕だ。イメージが違うからといって責め立てるのは、違うと思う。

彼は、最初からこういう人だったのだ。こういう側面を持っていた。ただ、それだけの話だ。

「そのことに、たぶん、会長が気が付いたんだ。俺とめぐみ、あんまり生徒会の仕事で連携とれなくなってたしな……それで、許可を出したのは自分だと、責任を感じて辞めることにしたんだと思う。俺のせいだ。本当に、ごめん。ごめんな……」

鮎川先輩が深々と頭を下げる。

「それは違います。会長が、そんなことで辞めるわけがないです。それで辞めてしまったら、遠回しに鮎川先輩を責めることになる。会長はそんな判断をしません」

鮎川先輩が、縋《すが》るように僕を見てきた。

「……そうなのか。もう分かっているのか。どうして会長が辞めると言い出したのか」

「多分、ですけどね」

僕は嘘をついた。会長が辞めると言い出した要因の一つに、今の先輩の話も入っているだろう。だけど、理由が違う。正しい理解とは言えない。もっと考える必要があった。

「最後に、教えてもらえませんか。……どうして、めぐみのことを、好きじゃなくなったんですか？」

この二人がうまくいかなくなってしまったのは、本当に不思議だった。

「……別にめぐみに問題があったわけじゃない。問題があったのは、俺だ」

「どういうことですか？」

「ある日、一緒に遊ぶ約束をしていて、その時間に一時間遅れたことがあったんだ。……十五分ほどの遅刻はあったけど、一時間はなかった。さすがにまずいと思って焦ったよ。だけど、彼女『全然気にしてないよ』って笑うんだ。で、いつも通りに遊んだよ。……それが、何か、怖かったんだ……」

めぐみは決して彼のことを責めたりしない。内心どう思っていようが、それを完璧に隠し通すだろう。

「めぐみは、俺の趣味にも付き合ってくれて、俺を理解してくれて、本当に、良い彼女だった。でも、気付くと、俺、何にもめぐみのこと知らないなって。あいつが何を好きなのかも、あいつが何にあこがれているのかも、夢も、何にも知らないんだ」

「………」

「怖かったんだよ。あいつの笑顔が、全部、偽物に見えるようになっちまったんだ」

だから、本当にあいつは悪くない。ただ、良い彼女過ぎたんだ。

そう言って、鮎川先輩は苦しそうに俯く。

鮎川先輩と別れ、玄関から出てすぐに上九一色に電話をする。数コールして彼女は出た。

『なんだい？　今日はよほど私が恋しいみたいじゃないか』

「一緒に帰ろう。話がある」

まだ帰っていないことは分かっていた。

『さっきも言ったけど、一緒には帰らない』

「事情が変わったんだ、頼むよ」

『……いいけど、早伊原後輩に怒られたら、君に言い寄られたと言うからね』

構わないと、僕は了承した。

しばらくして、彼女は玄関に現れる。そのまま一緒に学校を出た。さきほどあった話の概要を、上九一色に話す。彼女は不自然なほど無言でそれを聞いていた。話し終えてから、僕が切り出す。

「……めぐみは、鮎川先輩のこと、好きじゃなかったんじゃないのかな」

「ほう。どうしてそう思う」

上九一色はさほど興味なさそうに聞く。

鮎川先輩の言っていることは、正しい。「全部、偽物に見える」。その通りだろう。めぐみは、偽っている。

「だって、好きな相手の前で、正直になれないんだよ。たぶんめぐみは、一回も本音を言ってなかったんじゃないのかな」

「それが、どうして好きじゃないと？」

「……？」

何を聞かれているのか、理解できなかった。

「好きな相手には、自分をさらけ出すものだろ。自分を分かってほしい、理解してほしいって、思うんじゃないのか。本当に好きだったら、怖いけど、それでも、自分を見せていくものだと思うよ。そうしないではいられないだろ」

自分を偽って見せるというのは、相手を信用していない証《あかし》であり、それ故に相手のことをどうでもいいと感じていることに他ならない。親密になろうという気がないからだ。

「……確かに、ハルの理論で言えば、そうなるだろうな。だけど、私はそうは思わない」

上九一色は携帯をいじりだす。片手間に僕に語る。

「好きだからこそ、偽るんだ」

「…………」

「めぐみは、本気で鮎川先輩のことを好きだっただろう。だからこそ、男を研究し、鮎川瑞人を研究し、自分を殺し、彼の好みの女子になった。なりきった。彼女がどうして耐え抜けたと思う？　本気で好きだったからだ」

「……そんな」

彼女の言う理屈は理解できた。しかし、それは僕が考えたことのない可能性で、もし本当にそうだとしたらと考えると怖くて、そんなことは否定してしまいたかった。

「そんなのって、ないだろ。そこの、どこに愛があるんだよ。そんなもの、はりぼてだろ」

上九一色は笑い始める。内側から笑いが込みあげるように、くすくすと。

「本物とは何だ。ハル、君は、お互いが自分をさらけ出して、その上で認め合い、理解し合うのが本物だと言うのかい？」

「その通りだ」

今度は笑いをこらえきれないようで、高らかに笑い出す。その姿に、僕は狂気を感じる。「いや、すまんね」と、笑いを抑えて言う。

「じゃあ君は、私服で面接に行ってきたまえよ。これが本当の自分ですって。その上で認め合える素敵な会社に就職するんだね」

「……」

「人が何のために着飾っていると思うんだい？　偽るためだよ」

ぽかんとする僕に彼女は「なあに、簡単さ」と肩をたたく。

「自分を全て捨て去ってでも、偽ってでも、欲しかった。そういうことだよ。君はそれを偽物だと言うのかい？」

自分の体が、内側から震えだすのが分かった。

「……黙れ、嘘つきが」

僕が毒づくと、上九一色は小さく息を吐く。

「君は私を嘘つき呼ばわりするけれど、じゃあ君は、嘘をついたことがないのかい？」

好かれるために、認められるために、生きていくために。

「本当に、一回も、嘘をついたことがないのかい？」

　鼻頭に汗が浮かび、一方で口の中が異様に渇く。彼女の目を見ることができない。僕は彼女の嘘が嫌いだ。だけど、それを非難する権利も覚悟だって僕にはなかった。僕は口を閉ざす。なにも言えなかった。

「ただ正直なのは、自分が罪悪感から逃れたいだけだよ。相手が本当に大切なら、嘘をつく勇気を持たなくちゃいけない。そうやって茨《いばら》の道を進んだ先に、本物があるんだよ。……嘘は、本物の証だ」

閑話　生徒会の日常３

六月のある日のことだった。生徒会の会議が終わり、僕は早伊原のもとへ向かってい
た。しかし、ふと、会長に借りていたＣＤを持ってきていることを思い出し、生徒会室
を再び訪れた。

生徒会室のドアを開けようとした瞬間、中から声が聞こえた。

「――へえ、会長って結構乙女なんですね」

めぐみの声だ。それに会長が反応する。中には二人しかいないようだった。僕はなぜ
かそこで行動が止まってしまう。

「乙女とかじゃないわよ。お菓子くらい、誰でも作るでしょ」

お菓子を手作りする話のようだった。会長は、乙女っぽい話が苦手なので、僕はあま
り話したことがない。お菓子を作るだなんて知らなかった。思わず耳を傾けてしまう。

「私はバレンタインくらいしか作らないですけど」

「そうなの？」

「そんなに日ごろからお菓子を作っているなら、バレンタインとか、さぞ気合を入れるんでしょうね」

「そんなことないわよ」

「次のバレンタイン、会長は誰かにお菓子をあげるんですか？」

「お世話になっている人に渡すわよ」

「春一くんにもですか？」

思わず吹き出しそうになる。僕だけを抽出するな。めぐみは僕と会長をくっつけたがる。

「そりゃあ、お世話になってるから。日ごろ、なめくじも駆除してもらっているし」

「あぁ、ハルくんはなめくじ好きですからね」

好きじゃない。

「そうなの？　そう言えば、なめくじとろうとすると、いつも現れるような……」

会長が困っていそうだから声をかけているだけだ。

「ハルくんは会長のことが好きですからねー」

「そ、そういうんじゃないと思うけど……」

「照れることないじゃないですか。会長、最近、ハルとどうなんですか？」

「そうだなぁ――」

はっとする。聞きたい気持ちもあったが、良くない。CDを返すのはまた今度にしよう。そう思い、慌てて踵を返したときに、よろめき、ドアにぶつかった。

しばらく会長には口をきいてもらえなかった。

四章

僕の小学校時代の秘密

1

僕は三限を休み、考えに集中することにした。そっと保健室のドアを開ける。一つベッドが埋まっている。誰かが休んでいるのだろう。養護教諭は職員室にいるのか、見当たらなかった。入り口付近にある机の中から用紙を一枚抜き取る。ベッドを使う旨を記入し、埋まっているベッドの隣に入った。

「はあ……」

僕は今日の放課後、会長の嘘を暴くつもりだった。推理には自信があったし、早伊原《さいばら》にも確認してもらう予定だったのだ。そして会長を説得し、生徒会を元に戻す計画だった。成功すると踏んでいた。でも、上九一色《かみくいしき》の話を聞いたあとでは、まったく成功するビジョンが見えてこなくなっていた。

僕の説得は、嘘をつく人には後ろめたい気持ちが必ずある、ということを前提としていた。その心理をつき、本当のことを喋らせようとしていたのだ。

『嘘は、本物の証だ』

　上九一色の言葉が頭から離れない。彼女は、自分が嘘をついていることを肯定し、受け入れている。仕方がないとか、必要だからとか、自分に言い訳しているわけではなく、自ら進んで嘘をつき、偽っているのだ。

　会長もそうだとしたら、僕の説得は成り立たない。そうではない可能性に賭けるか？　いや、その賭けは危うすぎる。むしろ僕の考えが正しければ、会長も、進んで嘘をつく人の可能性の方が高い。

　何にしろ、こんな考えで、説得できる自信がない。

　ふと、隣のベッドから布が擦れ合うような音が聞こえる。起き上がったようで、やがてベッドを囲うカーテンが開け放たれる音がした。教室に戻るのだろうと思っていると、その人物は僕の周りを囲ってあるカーテンの隙間から、ひょっこりと顔を出した。

「あ、どうも」

「……何してんだよ。授業中だろ」

「春一《はるいち》先輩こそ」

　現れたのは早伊原樹里《じゅり》だった。気に入ったのか、カーテンの隙間から顔だけ出したまま会話を進める。生首みたいだ。

「あとで浅田《あさだ》にノート見せてもらうから大丈夫。で、何の用？」

「その浅田先輩からメッセージが来たんですよ。顔色が悪い誰かさんが保健室に向かったから、よかったら様子を見てやってくれって」

「……そうか」

浅田に心配されていたようだ。彼が篠丸《しのまる》先輩と付き合い始めてから、以前より一緒にいることはなくなった。でも彼のおせっかいは変わらない。……あとで礼を言っておかないと。

「こんなところでゆっくりしていていいんですか？　姉さんが会長をやめるのは、今日ですよね？」

「ああ……」

早伊原がカーテンの中に入ってきて、ベッドに腰かけた。

早伊原樹里。僕の、偽りの恋人。

僕は、自分の気持ちに従って、納得できる選択をしていくことを決めた。僕の気持ちは、嘘偽りを拒絶している。そんなものは、ただ虚しいだけで、本質的な意味はまるでない。

——だけど。

偽ってまで欲しかった。その気持ちは、本物なのではないか。そう思ってしまう。めぐみは本当に鮎川《あゆかわ》先輩のことが好きで、その気持ちの大きさだけ、その分、自分を偽っていた。その気持ちはまっすぐで、清々しいもので……。

……いや。

そんなこと、認められるわけない。もしそうなら、人との関係はひどく苦しいものになってしまう。そんなことは、あってほしくない。ないはずだ。

でも、はっきり「ない」と切り捨てることもできない。

僕だって嘘にまみれているからだ。僕は何度嘘に助けられてきただろうか。早伊原の親に、早伊原樹里の彼氏だと偽った。本当は幽霊の犯人は僕なのに皆を騙した。鮎川先輩に「会長がやめたのは先輩とは関係がない」と嘘をついた。嘘を嫌っているくせに、僕は嘘つきなのだ。

その僕が「それはいけないことだ」と、「ただ虚しいだけだ」と、そう言って、何の説得力があるんだろうか。

「会長には辞めて欲しくない。だから、あきらめないよ」

「ふうん、そうですか」

でも、どうしたらいいのかは分からない。嘘が必要なのかどうか、僕には判断ができない。どちらも真実のように思う。

だけど、僕が信じたい真実は、一つだけだ。

せめてそれを信じ通すために、僕はもう、自分に嘘をつきたくなかった。

＊＊＊

小学校三年のときだった。同じクラスに、上九一色という少女がいた。

「あいつ、ちょっと変だよね」

そうささやかれるような少女だった。

見た目がみすぼらしく、小太りで、長い髪はきしきしだった。いつも教室でも本ばかり読んでいて、その本のチョイスも、昆虫図鑑とか、少し外れたものだった。

男子女子ともに、友達はいなくて、放課後にはいつも図書室か児童館にいた。そこで、本を読んでいた。彼女は図書委員だった。

僕は、休み時間はたいてい、クラスの男子とドッヂボールをしていた。ドッヂボールがクラス内ではやり始めていたのだ。

「矢斗《やと》って、ドッヂボール強いんだって？」

ある日、隣のクラスの荒木《あらき》くんが声をかけてきた。荒木くんはサッカーが上手《うま》くて有名だった。どこかのクラブにも所属していて、皆から一目置かれる存在だった。

そんな彼が話しかけてきてくれて、僕は単純に嬉しかった。

「避《よ》けるのが、ちょっと得意だよ」

「そうなんだ！　じゃあ今度一緒にしようぜ！」

「うん、いいよ」

新しい友達ができることが嬉しかった。僕は皆で何かをやるのが、とにかく好きだったのだ。

そんな僕でも、皆には秘密の時間があった。放課後だ。

僕は放課後になるとこっそり図書室に行く。

図書室は、たまに行くなら問題ないけど、毎回行ってると、変なやつと思われてしまう場所だった。だから誰にも秘密だった。

僕は本棚をなぞって本を探す。

「あった」

取り出したのは「ダレン・シャン」だった。主人公が半吸血鬼になる話だ。

僕は元々読書が好きではない。じゃあなぜ図書室に通っているのか。

表紙を開くと、一ページ目に、ノートの切れ端が挟まっていた。

『これやっぱり最高。おすすめ』

汚い字でそう書いてあった。

後ろのページには、感想のメモがはさまっている。僕はそこに行き着くために、本を読む。

2

「先輩、何にもお話し、してくれないんですか？　せっかく私がいるのに」

「はいはい」

早伊原がいじけるように、布団の上からぽすぽすと僕の腰あたりを叩いてくる。彼女がいるせいで、会長のことが考えられない。早伊原は喋るのが好きなのだ。

「推理の確認しなくていいんですか？」

「あとでな」

「ベッドに入っていいですか？」

どうして突然そうなる。

「見られたら洒落にならないから絶対にやめろ」

そう言うとするりと入ってくる。どうしてこんなに会話がかみあわないんだ。早伊原とか、会話しなくても一人で話が成り立ってしまいそうだ。

「出ていけ」

軽く足を蹴るが、蹴り返された。

「狭いんで、もう少し向こう行ってください」

「じゃあ隣のベッドに行けよ」

「人肌が恋しいんですよ。先輩、馬鹿なんですか？」

「おかしいの、僕なのかよ……」

「照れなくてもいいじゃないですかぁ。そんなに私を意識しちゃって、かわいい先輩ですねぇ」

甘く声を作って、僕を馬鹿にするように言う。仕方なしに僕が背中を向けると、寄り添ってくるようにくっついてきた。最近、早伊原のスキンシップは度を超えている気がする。やたらと手を繋ぎたがるし、飛びついてきたりする。

でも、人目を気にしないのであれば、直接的には嫌ではない。それは僕が、早伊原のことをどうも思っていないからだろう。そして同様に、早伊原も僕のことをどうも思っていないからこそ成り立っている。僕らは、偽装恋人関係なのだ。

早伊原が入学してきたあの日から今日までずっと、偽りの関係を続けてきた。

最近、ふと思う。

僕と早伊原が、偽装恋人関係ではなかったら、どうなっていただろう、と。

普通の友人になっていただろうか。それはないだろう。彼女の態度は、僕が警戒する類のものだからだ。そして早伊原も僕の警戒を感じ取り、むやみに近づこうとはしないはずだ。僕らは、同じ学校にいながらも、決して交わらないということになる。

そして、それが本来ある姿だ。嘘偽りのない、僕と早伊原の、真実の関係だ。

僕が最近の早伊原のスキンシップに嫌悪感を覚えるのは、それが嘘に通ずるからだ。偽りの恋人関係で、恋人のような距離感を演出するのが気に食わなかった。それは歪んでいる。

僕は、嘘を憎んでさえいるのだ。そこからくる違和感、嫌悪感だったのだろう。

「なあ、早伊原」

「なんですか、春一先輩」

背後から、早伊原の落ち着き払った声が聞こえる。

僕が何を考えているのか知ったら、驚くだろう。

思えば、最初からしておくべきだったのだ。僕が欲しいのは青春。皆で笑いあったり、競い合ったり、時には喧嘩したり——おそらく僕は、偽りのない感情の触れ合いが欲しいのだ。

だから、偽りの関係なんて、僕が欲しいものとは一番遠い存在なのだ。

僕は、自分の気持ちに従う。早伊原を含め、僕の感情を縛るものなんか、存在しない。

＊＊＊

「ハル、お前ってほんと避けるの上手いな！」

とある休み時間、荒木くんのクラスと僕のクラスでチームに分かれ、クラス対抗のドッヂボールをした。最後は僕と荒木くんの一騎打ちになって、ぎりぎりで僕が勝つことができた。

荒木くんに褒めてもらえて、とても嬉しかった。これからもっと仲良くなれたらいいな、と思った。それから僕たちは、毎日ドッヂボールをするようになった。荒木くんと仲良くなってから、前より友達が増えた。毎日が楽しくて、学校から帰っても、次の日の学校のことを考えてしまっていた。

『どうだった？　やっぱりクモを掃除機で吸うっていう発想がユニークで私は好き。すごく馬鹿なんだけど、これは作者が主人公ってことになってるから、そういう馬鹿さがなんだかリアルで、バンパイアの話も本当かなって思っちゃうよね』

感想にたどり着く。僕はそのノートのかけらを抜き取り、代わりに僕の感想を書き込む。

『クモのところは正直よくわからなかったけど、ダレンが強くてかっこいい！』

この感想を書いたノートの切れ端は、図書室に返却するとなくなるのであった。

でも、図書室の先生に捨てられちゃってるわけではない。だって、感想の紙に、たまに僕の感想について触れられてることがあるから。ちゃんと僕の感想を、読んでくれている。それが楽しかった。

3

確かな重さを声に乗せる。これを言ったら、後戻りできない。それでも、迷う理由なんて一つもなかった。これは、お互いのためになる行動だ。もう無意味なことをするのは、やめたい。

僕はベッドから出て、傍に立ち、きょとんとする早伊原に向けて、言い放った。

「僕と、別れてくれないか」

「……」

溜息《ためいき》をつくだろうか。脅してくるだろうか。怒るだろうか。蔑《さげす》むだろうか。しかし、返答は、僕が一番考えていなかったものだった。

「やっとですか」

早伊原はなぜか安堵のような笑みを浮かべる。僕にはその表情の意味が分からなかった。偽装恋人関係を結ぼうと言ったのは早伊原だ。もしかしたら彼女も、この関係には不満を覚えていたのかもしれない。

「いいですよ。先輩の要求を飲みましょう」

これで少なくとも、僕が現在抱えている、大きな偽りは取り除くことができた。これで良かったのだ。何も悩むことはない。

「今から私と先輩は、ただの先輩後輩です」

「……良かった」

これが僕と早伊原の、本当の関係なのだ。

半年続いた偽装恋人関係は、あっさりと終わりを告げた。こんなことならば、もっと早く言えば良かった。

でも、少しだけ思う。

謎は、僕の「体質」は、もういいのだろうか。何か代わりのものを、見つけたのだろうか。それとも、好きな人でも、できたのだろうか。そうだとしたら、きっと、喜ばしいことだ。

「先輩は、決意したんですよね？」

聞いているのは、会長のことだろう。僕らの偽装恋人関係は解消されたが、協力関係が消えるわけではないということか。怒った早伊原に、絶縁されるかもしれないとも考えていたが、そうはならずにすんだ。

「ああ、決意はしている。僕は会長を助けたい。でも、助けられない」

答えが導き出せない。偽ることの中に真実なんてない。そう思いたい。だからこそ僕は早伊原と別れ、行動として示す。だけど、未だに上九一色の言ったことを否定できない。

好きだから偽る。欲しいから嘘をつく。その気持ちが本物だからこその行動。

早伊原は溜息をつく。

「一体、何があったんですか」

「……嘘は本物の証って言葉、分かるか？」

早伊原は、布団から顔をひょっこりと出して、こちらを向く。そしてとびきりの笑顔を浮かべて言う。

「何ですかそれ、小学生が二秒で考えた歌詞ですか？」

こめかみに汗が浮かぶのを感じた。本人が聞いたら怒りそうだと思ったからだ。

「そんなこと、誰が言ったんですか」

「上九一色だよ」

「あぁ、あいつですか」

先輩をあいつ呼ばわりか。

「おい、お前らの間に一体何があったんだよ……」

「いえ、別に。もういろいろ決着つけたんでいいですよ。『私の過去をしゃべらない』、『春一先輩と必要以上に仲良くしない』、『私の所有物に手を出さない』の三か条を約束させたので私の勝ちです」

早伊原からしたら、彼氏役の僕が他の女子と仲良くしているのは困るのだろう。まあそれも昔の話だが。

上九一色は約束のうち、最初の一つしか僕には言わなかった。特に言う必要もなかったからだろう。

「一体どうしてそんな話になったんですか」

「ああ、それはな――」

僕は鮎川先輩のこと、そしてそれを上九一色に話したときの反応を早伊原にすべて話した。

「春一先輩もなかなかえげつないことしますね」

「そんなことないだろ」

早伊原はベッドから上半身を起こす。

「……偽ることこそが本物、ですか。先輩はそれが、本当かもしれないと思っちゃったわけですね」

彼女は僕を見下すように笑った。

「先輩、ついて良い嘘って、あると思いますか？」

「……あるんじゃないのか」

たとえば合宿のときの怪談だったり、早伊原との日々の煽り合いだったり。そこに悪意がなければついて良い嘘だと思う。

「そんなものないですよ」

早伊原はきっぱりと否定する。

「偽りは、偽りでしかなく、嘘は嘘でしかありません。そこを捻じ曲げて、ついて良い嘘があるとか、偽ることが本当だとか、そんなのは、自分すら受け止められない弱者ですよ」

弱者。

「嘘や偽りは全て悪で、人を傷つけます。そこに価値は一ミリもなくて、劣悪で、薄汚い、軽蔑すべきものです」

「……いや、でも、君だって嘘ついてるだろ」

そう言うと、彼女はうっすらと微笑む。

「言ったでしょう？　私はクズだと」

そして僕たちは自分をクズと知らないドクズ、か。確か前にもそんなようなことを言っていた。

「じゃあ……、それじゃあ、嘘や偽りが全て悪だと言うならば、めぐみの気持ちはどうなってしまうんだ。彼女は真剣に向き合って、その上で、偽ることを選んだ。別れる原因を自分に作ったのだって、優しさから出た嘘なんだよ」

「そんなことは、知ったことじゃないですよ。嘘をついた方が悪いんです」

そんな簡単に、否定していいのか？

「お前は、無視できるのかよ。嘘をついたってことは、それだけ欲しかったってことだろ。それだけ、真剣だったってことだろ。その気持ちは、否定できない」

僕は嘘をついてきた。

嘘が嫌いだった。だけど、同時にそれが必要だとも知っていた。だから、仕方なくついてきた。でも、そんなことは、早伊原に言わせれば甘えであり、僕が弱者というだけなのだろう。

何かを手に入れるために、自分を偽ってきた。

高校受験の面接でも、僕は嘘をついている。志望動機なんて、偏差値だけだ。それなのに、学校の活動についてあれこれと述べた。小学校の頃、親に嘘をついていた。欲しいものがあるけれど、それが買ってもらえないものだと知っていた。でも、学校で必要なものだと嘘をついて買ってもらった。

僕が手に入れたものは、嘘の上で成り立っている。

そしてこれからもそうなのだろう。その場で求められることを発言し、行動し、必要とされるように自分を偽るのだろう。

そうして、様々な欲しいものを手に入れるのだろう。

「じゃあ先輩、嘘をついて手に入ったものに、どんな意味があるんです？」

「意味……？」

「そんなことして手に入れても、結局、本物は手に入りません。虚しいだけですよ」

「そんなこと言ったら……ほとんどのものが、無意味になるだろ」

早伊原は黙って、僕を見て笑う。

そう、言いたいのか。

ほとんどのものが無意味だと。本物は、なかなか手に入らないからこその本物だと。

だからこそ、そこを偽ってはいけないと、そう言っているのか。

「……そうだよな」

早伊原は寝返りを打って、ベッドの中でうつ伏せになる。そのまま、僕を優しい目で見てくる。

「人間がどうしても惹かれてしまうものって何だと思いますか？」

「……さあ」

それはたくさんあると思う。愛とか、名誉とか、人によっては金とか、権力だろう。

「たった一つですよ」

「一つ……？　それなら、愛かな」

早伊原は首を横に振る。

「人間の不思議な習性です。どうしても、それだけは諦めきれず、気になってしまう。そうではないと知ると、人によっては、激怒したりします」

早伊原は、「知っているでしょう?」とほほ笑む。

「ずっと、私と先輩で探してきたものです。この世で最大の価値を誇るものだと、私が信じて疑わないものですよ」

僕が、彼女とずっと探してきたもの。

「……真実か」

早伊原は僕の言葉を聞いて、笑みを深くした。

「そうです。人間はどうしてか、真実に惹かれてしまいます。嘘や偽物を手にしていた方が幸せなことは多いのに、それでも、どうしても真実が欲しくなってしまう。それを手に入れられない人生は、きっと恐ろしく苦しいものになるでしょう」

言われてみれば僕にも思い当たる節はある。

「先輩だって、その真実の魅力にとりつかれた一人ですよ」

早伊原樹里。彼女という人間に、また一歩近づいた気がする。

「真実、か」

僕は、一つでもそれを持っているだろうか。分からなかった。いつも思っている「青春したい」という気持ちも、辿っていけば、真実が欲しいということになるだろう。僕は別に、仲間うちで騒いだり、彼女を作ったりしたいわけではない。そこに生まれるであろう、未経験の本当の気持ちが欲しいのだ。

「……そうだよな、苦しいよな。真実のない日々なんて」

道が開けた気がした。僕の向き合うべき方向が定まる。

「早伊原、この後、暇か？」

「授業が入っていますね。でも授業より大切なことは、いくらでもあります」

「僕もだ。……少し、聞いてくれないか」

僕の推理のすべてを。

納得のいくことをしていく。自分の心に、従っていく。僕がその道を選び取ったのは、その先に、真実があるからだろう。

＊＊＊

荒木くんとやるドッヂボールも、これで五回目だ。

「よっしゃー！」

僕らのクラスのチームは安定して勝てるようになっていた。荒木くんの投げるボールはすごく速かったけど、でも振りが大きいから、それを見て避ければ簡単だった。

僕らのチームは手をあげて喜ぶ。

その声を静めるように、荒木くんが言った。

「なあ、チーム替えしない？」

「うん、いいと思うよ」

たしかに毎回同じチームだと面白くない。チームを替えた方がよりたくさんの子とも仲良くなれるし、僕もそっちのほうが嬉しかった。

「じゃあ、どうやって決めようか」

誰かが「グッパー」と言った。誰かが「それじゃ強さが偏《かたよ》るよ」と言った。誰かが「取りっこ」と言った。誰かが「平等だね」と言った。

僕は「取りっこ」というものが何か分からなかったけど、荒木くんが優しく教えてくれた。僕と荒木くんでじゃんけんをして、勝った方から一人ずつ選ぶ、というものらしい。

その「取りっこ」でチームを決めた。

再び試合をすると、僕のいるチームが勝った。最後は結局、僕と荒木くんの一対一になる。荒木くんが言った。

「もう一回、チーム分けしよっか」

僕は面倒くさかったが、荒木くんの提案なので飲むことにした。チーム替えを行い、試合をすると、また僕と荒木くんが最後に残った。ボールが僕に当たらず、荒木くんは悔しそうだった。

「フェイント、ずるくない？」

荒木くんが言った。荒木くんがボールを投げる直前、僕はフェイントをかけて、ボールの軌道をずらしていた。

「でも、そっちだってやってるじゃん」

僕がそう言うと、荒木くんのクラスの人が言った。

「荒木くんはハルよりも体が大きいから、フェイントかけるの大変なんだよ」

だから何だというのだろうか。僕は分からなかった。何だか雰囲気が良くない。僕が困って荒木くんを見つめていると、荒木くんが舌打ちをした。

怖かった。さっきまであんなに楽しそうにしていたのに、どうしてだろうと思った。

また皆で楽しく遊びたい。だから、僕は言った。

「……分かったよ、フェイントはやめるね」

そう取り決めがなされて、試合が再開される。フェイントをやめても、咄嗟の判断で何とかかわせていた。五回目の荒木くんの攻撃の時、彼はまた舌打ちをした。

どうしてなんだろう。あんなに楽しかったのに。何がいけないんだろう。

でも、たぶん。これが正解なんだろう。

僕はボールに、わざとぶつかる。そして、大げさに転んで言った。

「わあ！　荒木くん、ほんとすごいね」

放課後、図書室に行くと、上九一色さんがいた。彼女はなんだか最近いじめられてるみたいだった。彼女は図書室の受付に座って、カブトムシの図鑑を読んでいた。僕はカブトムシが好きだったので、走り寄る。図鑑には金色のカブトムシが描いてあった。

「何これ。カブトムシなのに金色！」

そう言うと、上九一色さんは言った。

「このカブトムシは昼間に活動するから、木の幹と同じ色をしてるんだよ」

「へえ、そうなんだ」

上九一色さんは、物知りだった。僕が分からないことを聞くと、すぐに教えてくれる。皆は嫌っているみたいだったが、僕は、尊敬していた。教室では喋れないけど、図書室だったら誰もいないから喋れる。もっと上九一色さんとも仲良くなれたらな、と思った。

4

それからの休み時間は、毎回荒木くんのチームが勝った。僕はギリギリの戦いを演じ、場を盛り上げた。荒木くんは楽しそうだ。皆が喜んでくれれば、僕もうれしかった。それ以外、特に言うこともない。

放課後、図書室に行く。ここでようやく僕は一息つくことができた。ここは静かで、何も考えなくていい。なんだか最近、図書室が好きだ。

「あ、上九一色さん」

上九一色さんは、その日、分厚い小説を読んでいた。「ダレン・シャン」よりも分厚い。持つのが大変そうだった。覗き込むと、難しい漢字が並んでいて、僕には読めなかった。なんだか表紙も怖そうで、僕にはまだ早いかもしれない。

上九一色さんが、顔を上げて、僕をじっと見る。

「どうかした？」

そう聞くと、上九一色さんは答えた。

「図書室から、校庭、見えるんだ」

「そうなんだ」

「ドッヂボールしてるよね」

「うん」

なんだか僕は、後ろめたい気持ちになった。なぜか、上九一色さんには、ドッヂボールをしている姿を見られたくなかった。

「ねえ、ハル」

「なに？」

そうして、彼女は聞いたのだ。僕を試すように、純粋な瞳で、たった一言。

「楽しい？」

「…………」

「ドッヂボール、楽しい？」

「……楽しいよ」

「本当に？」

なぜだろう。僕はそのとき、涙が出そうだった。

「楽しいって言ってるだろ！」

そう怒鳴って、僕は図書室から出て行った。

帰り道、たまたま荒木くんと一緒になった。荒木くんと、水卜《みうら》くんと、海老沢《えびさわ》くんだった。彼らは僕を快く受け入れてくれて、一緒に帰ってくれた。

「どうした、ハル。なんか元気ないじゃん」

荒木くんが僕を心配してくれる。

「そう？　何でもないよ。それより、何の話をしてたの？」

「好きなやつの話」

水卜くんがそう答えた。誰が好きだとか、僕にはまだ良く分からなかった。皆が好きだった。

「で、海老沢は誰が好きなんだよ」

荒木くんが海老沢くんを肘《ひじ》でこづいた。海老沢くんは少し引っ込み思案なところがあって、なかなか自分の意見が言えない人だった。

「いないよ」

それを受けて、水卜くんが言った。

「うっそだー。あ、隠すってことは、上九一色だろ」

水卜くんが笑い転げる。何が面白いのか良く分からなかった。

「やめろよ、ちげえよ」

海老沢くんが拒否する。それを受けて、荒木くんが興奮したように言った。

「まあなー、さすがにないよな。いっつも訳分かんない本読んでるし、全然喋んないし、ブスだし！」

水卜くんが「そうそう」と笑い、海老沢くんが拒否するように顔を歪め「あいつだけはない」と言った。

それを見て、僕は悲しくなる。どうして、仲良くできないんだろう。荒木くんも水卜くんも海老沢くんも、喋ったことがないんだろう。喋らないと、上九一色さんのすごさは分からない。今日はちょっと嫌な感じになっちゃったけど、明日になったら謝って仲直りしよう。怒鳴った僕が悪かったんだから。

「なあ、ハルもそう思うよな？」

「え？」

荒木くんが尋ねてくる。

「上九一色だよー。あいつやばいよな」

「……あ、はは」

僕はあいまいに笑う。

「おいおい、ごまかすなよ。え？　まさかハル、好きなの？」

水卜くんが一緒になって茶化してくる。

「もうやめてよ、そんなんじゃないって」

「だよな、親友がそんなんだったら、親友やめるもん」

最近、荒木くんは、僕のことを親友と呼ぶ。

「それでさ、やっぱり上九一色、あいつすっげー、ブスだよな」

なぜか荒木くんはまた僕に振ってくる。

「いや……」

そういうの、良くないよ。そう言いたかった。でも、なぜか言えなかった。荒木くんの、舌打ちを思い出してしまう。

「な？　思うだろ？」

荒木くんの顔がさっきより笑っていない。ドッヂボールで、僕が避けたときにする顔だった。

僕は、上九一色さんのことを、尊敬していた。きっと、上九一色さんは偉い人になるだろう。そのときも、僕に何か教えてくれるくらい近くにいられたらいいな、と思っていた。

「な、ハル。あいつ、ブスだよな」

荒木くんの目はもう笑っていなかった。水卜くんももう茶化さない。

だから僕は。

「……うん」

頷いた。ただそれだけだった。でもその瞬間に、僕は何か大きなものを失った気がした。胸にぽっかりと穴が空いて、それはずっと埋まることがないんだろうなと直感した。

その後、僕は、家に帰ってからたくさん泣いた。

僕が真実を見失った、最初の出来事だっただろう。

姉はそんな僕を見て、優しく微笑んだ。

「何でも言えよ」

その言葉に甘えて、僕は姉に、すべてのことを語った。

僕は、皆と仲良くしたかっただけだ。本当にそれだけなのに、全然うまくいかない。簡単なことだろうと思った。皆も僕のように思っているのだと思っていた。皆が望んでいれば、そんなの、すぐに叶《かな》うような気がした。だけど、実際は、すごく難しかった。

上九一色さんは大事だ。荒木くんも大事だ。大事なことがたくさんあるって、悪いことなのだろうか？

僕の話を聞き終わった姉は、「そうか」と言って、僕の手を掴み、手を開かせた。

「ハル。大切なものがたくさんあるのは良いことだ。だけど、大切なものを大切に扱うには、力が必要なんだ。皆が価値がないと言っても、ハルが大切に思うならそれに価値はある。自信を持て。お前は良い子だ」

姉に頭を撫でられているだけの僕に、力はなかった。そして図書室に行くことは、もう二度となかった。

＊＊＊

放課後。僕は教室でめぐみに声をかける。智世《ともよ》さんのグループがいたので、何人かがこちらをいぶかしむように見るが、仕方ない。

「どうかしたの？　ハル」

「話がある。ついて来てくれ」

　急がないと、会長が、辞めてしまう。

　僕は彼女を引き連れ、そのまま生徒会室に入る。そして鍵をしめた。鮎川先輩はまだ来ていない。

「なあ……会長の秘密、教えてくれないか?」

　僕が生徒会に入ったばかりのころ、生徒会室にとまったときの話だ。会長の慌てる声で、僕は目覚めた。

　めぐみは智世さんと仲が良い。それに彼女は生徒会に関係している。知っていてもおかしくなさそうだった。

「知ってるんだろ?」

　僕の表情が真剣だということに気が付いたようで、まじめにこたえる。

「……知ってるよ。だけど、教えない。智世ちゃんと秘密って、約束したから。それに、人の秘密を喋るなんて、良くないよ」

　彼女がそう言うのは分かっていた。めぐみは、こういう人なのだ。明るくて、感情に富んでいて、純粋だ。

　でも、諦めるわけにはいかない。会長と対峙するにあたって、この情報がどうしても必要だった。

「頼むよ。会長を止めるために、どうしても必要なんだ」

めぐみは、苦々しい表情をしてしばらく悩んでいたが、それでも首を横に振る。

「だめだよ、そういうのは……」

やっぱり、こうなるか。

自分で作ったのだから、自分という人間性を守る必要がある。

でも、このままではいけない。僕は敢えてめぐみに声をかけた。それは、めぐみを超えて話をしようと思ったからだ。会長のためにも、そして僕のためにも、必要な行為だった。いままであやふやにして、はっきりと言及することはなかった。でも、やっぱり、向かい合わなくてはいけない。

めぐみは、必要がない。

僕は心を落ち着かせるために、深呼吸する。

「……ごめん」

深々と頭を下げた。彼女は何を思っているのか、何も言ってこなかった。

「これで許されることじゃないと思うけど、本当に、ごめん」

「どうして謝るの……？」

めぐみが困惑している。

「僕が悪かったんだ。君は悪くない」

偽りというのは、最初から必要なわけではない。僕が荒木と接して身に着けた偽りは、必要だったから身に着いたのだ。あれが、あのときの生き残る術だった。

誰もが、素直な自分のままでいたいと願っている。そうであったなら、きっと良かっただろう。しかし、人には個性があって、それによって、周りから認められないことがある。認めてくれる人がいないなら、演じて、認められるようにする。

「僕は、そのままの君が好きだった。演じる必要なんてないんだよ。素直でいてくれていいんだ」

「…………」

「偽る必要なんて、なかったんだよ」

「…………なに、言ってるの」

めぐみは、いつもの、感情が出た喋り方ではなくなる。

「だから、もういいんだよ。上九一色」

僕は彼女に近づき、結った髪をほどく。彼女は茫然として抵抗はしなかった。さらりと髪が伸びる。見慣れた上九一色だった。

上九一色恵《めぐみ》。

彼女は、それぞれの立場で、もっともふさわしいキャラクターを演じる。その場で生き残るために。生徒会では、鮎川先輩用に作り出したキャラクター、めぐみ。場合によっては髪型を変えたりしているが、しかし、そんなことをしなくても、同じ人物だとは気が付かないだろう。彼女がキャラを演じると、雰囲気ごと変わるのだ。上九一色とめぐみは、全く異なる雰囲気の、人格とも呼べるキャラクターだった。

彼女は、クラスに居場所がほしかった。自分を偽ってでも、手に入れたかったのだ。

僕はその気持ちも、方法だって、否定はしない。

「確かに、自分を偽る必要っていうのはあるよ。だけど、それだけじゃだめだ。本当に大切なものは、演じちゃいけない」

彼女は上九一色でもめぐみでもなく、薄い表情で淡々と喋る。

「一体、私の話の、何を聞いてたっていうの。私は、ただ普通に過ごしたいだけ。そのために、自分の居場所を作る必要がある。だったら、相手の都合の良いように演じるしかないでしょ」

「そのままの君で、案外受け入れてもらえるよ」

上九一色が、激昂《げきこう》する。

「そんなわけない！　受け入れてなかったでしょ！　ハルはよく知ってるじゃないの……！」

顔を手で覆っている。泣いているのだろうか。

彼女は、中途半端な気持ちでこんなことをしているわけではない。悩みぬいた結果なのだ。だから簡単には否定できない。僕にも、それなりの覚悟が必要だった。

その人が納得して良いと思っている行い。それを否定するのは、時に残酷だ。それぞれの考え方だから、そう言って放っておくことはできる。だけど、僕はそうしたくなかった。正しいことではないかもしれない。僕の言葉は救いではなく、追い詰めるだけなのかもしれない。

それでも、僕がどう思っているか、それをはっきりと伝えたかった。僕が、上九一色恵を大事だと思っているからだ。

「あれは、僕が悪い。僕は君のことを尊敬してた。仲良くなりたいと思っていたんだ」

「……他の人は？　一体だれが私を受け入れていたの？」

僕以外で、上九一色と仲良くしていた人物は知らなかった。

「あの時、皆は小学生だった。視野が狭かったんだ。君はただ、大人っぽすぎただけなんだよ。だから、今とは事情が違う」

「信じられない」

上九一色は僕をにらみつける。

「それなら、演じたっていいよ。皆の前でね。だけど、君が大切にしたいと思う人の前では、やめた方がいい。鮎川先輩とかな」

「どうして……！　瑞人が好きだから、だから……」

発声がめぐみに近くなる。

上九一色は、怖いのだ。自分が皆に受け入れてもらえるのか、不安に思っている。もし本当の自分が嫌われたら、それほど悲しいことはない。本当の自分だけは、変えられないからだ。

だから、大切な人の前でこそ、慎重に演じる。

「好きな人に好かれようとするのって、そんなにいけないことなの……？」

「いけなくないよ。だけど、そこで無理したら意味がない」

「無理なんか……してない」

「無理、してるよ」

「してない！」

上九一色が僕に向かって叫ぶ。

かつてのことを思い出す。

「君は小学校の頃、僕に聞いたよな」

「……」

「楽しい？　って。……今度は僕が聞く。上九一色、今は、楽しいか？」

「それは！　……それは」

悲しそうな顔で、僕を見上げる。しかし、すぐに僕から視線を外し、俯いた。

「……自分を殺すことが、苦しくないわけないだろ」

上九一色恵が僕を睨む。

「そもそも、上九一色だったら、付き合えなかった。めぐみじゃなきゃ、好きになってもらえなかった。付き合ってもらえなかった」

「そうかもな。上九一色恵は、鮎川先輩に好きになってもらえなかったかもしれない」

「それなのにハルは、瑞人の前で、演じるのをやめた方がいいって言うの……？」

上九一色恵が嗚咽する。

「じゃあ、どうしたらいいの！　どうしても好きな人ができて、その人に自分を好きになってもらうには……どうしたらよかったのよ」

「無理しない程度に、好きになってもらう努力をすればよかったんだよ。恋を楽しむくらいが、ちょうどいいんだと思うよ」

「無理しなきゃ、好きになってもらえなかったら……！」

こちらが無理をして初めて付き合える。そんな相手の場合には、選択肢は一つだ。

「諦めるんだよ」

「なっ……」

彼女は目を見開く。

「諦めたくない……！」

諦めるしかないのだ。だって、付き合ったとしても、負担にしかならないから。上九一色恵がそれに耐えたとしても、今回のように相手が見抜くかもしれない
「やだよ、好きな人を、諦めたくないよ……」

「でも、無理して付き合ったとしても、相手が好きなのは、君じゃない。君の演じているキャラクターだ。君のことなんか、見ていない」

あえて、厳しい言葉を浴びせる。鮎川先輩が好きになったのは、めぐみだ。上九一色恵ではない。そこに、何かがあるのだろうか。残るのは、虚しさだけじゃないのか。

「じゃあ……一生、幸せになんか、なれないよ……」

彼女は倒れこむように、僕の胸のあたりを叩いてきた。しかしそれに力はこもっていなくて、僕は後ろによろめいただけだった。

「そうじゃない。君はまるで、誰でも替えがきくかのように言ってたけれど、でも、そんなことないんだよ」

家族以外、誰でも替えがきく。その言葉は、自分が役割に収まっているから出る言葉だ。上九一色恵はあくまで役割として、鮎川先輩と付き合っていたということになってしまう。もしそうなら、彼女という役割を果たせれば、誰でもいいということになる。

そしてそれは同時に鮎川先輩のことを、彼氏という役割に押し込んで見ていたということになってしまうだろう。でも、そうじゃない。上九一色恵は、本当に彼のことが好

きだったのだ。それなら、向き合うしかない。

「それだけ、……出会いは貴重ってことなんだ。誰かと付き合って、自分をぶつけて、時には別れて、そうしていくうちに、……いつか自分を受け入れてくれる人に出会うんだよ」

自分と本当に分かり合える人なんて、そうそういないだろう。だからこそ、出会いは大切で、奇跡的なものなのだ。その一つ一つを大事にしなくてはいけない。

「いつか、君――上九一色恵を分かってくれ、かつ、君が、この人は誰とも替えがきかない、唯一の人だと、そう思える人物に会えるよ」

「……分かるって、何、どういうことなの……」

「たとえば、その人の前で素の部分をさらけ出しても、安心できる、とか。どんなにひどい喧嘩をしても、絶対に仲直りできる、とか。そういうことなんじゃないのかな」

「…………そっか」

「君は、諦めすぎなんだよ」

上九一色は、俯き、静かになった。目をこする。

「それなら、……そういう人物は、一人だ。生きてきて、一人しかいない。……ハルだけだ」

その言葉には僕も驚いた。

「ハルの前だけでは、素直でいられる、ハルとどんな喧嘩をしても、仲直りできると思う。君だけが貴重な存在で、唯一だ。誰とも絶対に替えがきかない」

「……そうか。でも僕は、君のことをそうは思ってない。君は、僕のことを何も分かっていない」

上九一色は「いや」と強く否定する。

「私こそが、君の理解者だ。君は、変な罪悪感に捕らわれて、私のそばにいるために、生徒会に入ったんでしょ？」

上九一色恵の言うことは、一部、本当だった。僕が生徒会に入ったのは、上九一色に対する罪悪感のためだ。彼女がめぐみとして僕の前に現れたとき、僕は気が付かなかった。それほど、彼女は変わっていた。そして、とある日、上九一色として僕に声をかけてきたのだ。

僕は、彼女を変えてしまった。その行く末を見る責任があった。そばにいて、見守る必要があった。

でも、それだけじゃない。会長や鮎川先輩に、本物を見たからだ。ここにいれば、何かが手に入ると思ったからだ。

「やっぱり、分かってないよ。僕が、それだけの理由で君のそばにいると思っている」

上九一色恵は寂しそうに僕を見た。突き放されて、独りぼっちになったような気分に陥ったのだろう。

「僕は、君のことを友達として好きなんだよ。だからそばにいる。君のことを誰よりも分かってるのは僕だ。だから、これからも友達として、ずっと一緒だ」

すべての表情を失っていた上九一色恵が、笑う。

「そうか……難しいんだな。人と分かり合うというのは」

「その通りだよ」

彼女は、上九一色でも、めぐみでもない。上九一色恵だった。彼女のそばにずっといたのに、何だかひどくなつかしかった。

「それで、上九一色……、僕は会長を助けに行きたいんだ」

「ああ、分かってる。…………教えるよ」

彼女はにこりとして、すんなりと、会長の秘密を口にした。

閑話　生徒会の日常4

早伊原との読書タイムも終わり、職員室に鍵を返しに行く廊下で、足を止める。生徒指導室から声が聞こえた気がしたのだ。耳をそばだてる。

「最近、規律違反が目立つんだよね」

生徒指導担当の前川《まえかわ》先生の声だった。

「生徒会、たるんでるんじゃないのか？」

「そんなことは……」

会長の声だった。

「自由な校風だからって、規律を守らないのは良くないだろ？　聞けばお前、生徒会内での恋愛を許可しているそうじゃないか」

「あれは校則で決まってるわけじゃ――」

「言い訳するな。そういう、生徒会の規律を軽視した態度が、生徒に伝わってるんだよ」

それから、説教は三十分続いた。

説教が終わるタイミングで、僕は階段側に隠れた。会長が生徒指導室から出てくる。それを確認してから、階段側から会長がいる廊下へと歩き出す。

「あ、会長じゃないですか。おつかれさまです」

偶然を装って、声をかけた。

「春一くん、まだ帰ってなかったの？」

「いつものあれですよ」

「ご苦労様、妹の面倒見てくれてありがとね」

会長は微笑む。そこに、憂いの表情はまったく感じられなかった。

「会長、元気ないみたいですが、大丈夫ですか？」

はったりだった。

「そう？　別に大丈夫よ。春一くんこそ、疲れてるんじゃないの？　変な顔してる」

そう言って、会長は僕の肩に手を置き、去って行った。

五章

銅像が一夜にして消えた秘密

五十キロの銅像が一夜で消える――。
僕が生徒会に入ったのは、この銅像消失事件がきっかけだった。

1

＊＊＊

僕は部活にも入っておらず、恋人もおらず、親友もいなかった。しかし、浅田《あさだ》という友人を得て、学校ではそれなりに楽しく過ごしていた。

放課後はすぐ家に帰り、本を読んだり、妹の勉強をみたりしていたのだが、この日はやけに冷え込んでいたために、帰る前に、何かあたたかい飲み物が欲しくなった。一階の自販機に立ち寄る。ココアを選んだ。隣にあるベンチに腰掛け、缶で手をあたためつつ、素通しのドアから正門の方を眺めた。

柵《さく》で取り囲まれた銅像が目に入る。正面玄関横には、初代校長の銅像がある。上半身だけの像で、その下の部分は直方体の白い石材であった。しかし今は、場所を移動させるとかで、柵で囲まれ、数人の作業員が周囲に集まっていた。

ずいぶん古びた銅像だが、いったいいつからあるのだろうか、と考えていると、突然声をかけられる。

「君が矢斗雪那《ゆきな》さんの弟くん？」

「うわっ」

人がいないものと思っていたので、驚き、立ち上がって数歩距離を取ってしまう。

「……どうも。早伊原《さいばら》先輩」

僕に声をかけてきたのは、早伊原葉月《はづき》先輩だった。「はーい、初めまして」と彼女は笑顔で言う。その笑顔はあたたかく、包容力と母性を感じさせ、保母さんのような雰囲気を感じた。

「というか、私のこと知ってくれてるんだ」

「この前、生徒会長選挙、やったばかりですから」

「あっ、そうだよね。でも、どちらにしても覚えてくれてありがと」

意外そうに、驚いた表情をする。そうかと思ったら、次の瞬間には笑顔に戻っていた。表情がころころと変わる人だ。外見とは裏腹に、無邪気なタイプなのだろうか。

どちらにせよ、関係ないか。

「それじゃ、僕は行きますので」

「ちょ、ちょっと待って！　何で私が話しかけたと思ってるの。用事があるからだよ」

早伊原先輩が僕の肩に触れて、引き留めてくる。いきなりスキンシップをしてくる女子は嫌いだった。僕は警戒度を上げる。

「急用があるんです」

「どういった？」

「散歩したい気分なんです」

「急用の散歩ってどういうこと……」

僕はその言葉を無視して、逃げるように去った。


次の日、昼休みに早伊原先輩が僕の教室を訪ねてきた。浅田と昼食をとっている最中の僕に、クラスの女子が話しかけてくる。

「なんか、早伊原先輩が呼んでるよ」

クラスメイトの視線が僕に集中する。教室のドアの方を見ると、顔をひょっこりと出して、こちらに手を振っている早伊原先輩の姿があった。僕は浅田に一言謝ってから席を立つ。早伊原先輩に近づいて、はっきりと言う。

「教室に来られるのは迷惑です」

　クラスメイトがざわつくのが分かった。

「ごめんね、ちょっとだけだから」

「所用の空腹で、ちょっと無理そうです」

「もっとマシな言い訳考えてよ……」

　言い訳することを放棄しているということを伝えたかった。

「お願い」

　彼女は困り笑顔を浮かべて、両手を合わせる。僕はそれを見て心が痛んだ。これ見よがしに溜息をつく。

「分かりました。少しですよ」

　早伊原先輩は「ありがとう」と表情を明るくし、僕をどこかへ連れて行こうとする。

「ここで話をしてください」

　教室前の廊下だ。昼休みなのでがやがやとしていて、話し声が誰かに聞こえることもない。早伊原先輩は僕に相変わらずあたたかい笑顔を向けてくる。それが不思議だった。ここまで露骨な態度をとっているのに、どうして僕から離れていかないのだろう。今までは全部これで何とかしてきた。

「あの、春一《はるいち》くん」

苗字で呼んでほしかったが、この人は僕の姉を知っている。姉のことを矢斗先輩、と呼んでいたなら、僕を矢斗とは呼びにくいのだろう。

「良かったら、生徒会に入ってほしいんだけど」

「お断りします。それでは」

僕は踵を返して、今度は肩に触れられないように早歩きで教室に向かう。

「また明日も来るから！」

僕は足を止めざるを得ない。振り返る。

「それは困ります」

女子と二人でいるところを、辻浦《つじうら》の協力者に見られるわけにはいかなかった。付き合っていると誤解されるかもしれない。一応、クラスの皆には、僕が早伊原先輩のことを嫌っていると思わせるように誘導はしたが、何度も二人で会っていたら、仲を疑われても仕方がない。

「もう、僕に二度と話しかけないでください」

「そういうわけにもいかないよ。春一くんのお姉さんに、君を生徒会に入れるように頼まれてるんだから。むしろ、雪那さんから何も聞いてないの？」

……え。何も聞いていない。しかし、姉ならしそうなことだった。

「でも僕、部活は入れませんので」

「入れない……？　大丈夫だよ、生徒会は委員会だから」

「……そうですか。でもやっぱり、気が進まないです」

辻浦は「部活」と言ったが、委員会も含んだ、集団のことを指しているかもしれない。用心するに越したことはなかった。

「でも、このままだと付きまとうよー？」

僕に襲い掛かるように手を構え、指先をばらばらに動かす。

どうしようか。泣いたら許してくれるだろうか。高校生男子の号泣なんて、下手したら向こうがトラウマになる。やめておこう。

早伊原先輩に同情する。姉、雪那の命令なのだ。それに誰も逆らうことはできない。こんな状況を作ってしまった姉に、僕は弟として責任を感じていた。

「もし嫌なら辞めてもらっていいから、試用期間の一か月だけ参加してくれない？」

悩んだ末に僕は頷く。一か月経ったらやめればいい。これで、弟としての責任を果したということになるだろう。これ以上、姉のむちゃくちゃな理論に付き合う義理はなかった。

2

放課後、早伊原先輩に連れられ、生徒会室を訪れる。今日は生徒会は休みで、会議はないとのことだった。しかし、たいてい放課後、生徒会役員は生徒会室にいるらしい。

「あー、萌《も》えねえ……」

生徒会室のドアを開けて最初に聞いた言葉がこれであった。

「違うんだよなぁ。デレが早いんだよ。もっとクールでいてほしかった。主人公をスルーしまくって、最後の一ページだけデレるとか、そっちの方が良かったよ……。何これ、三ページ目にしてもうヒロイン、主人公のこと好きじゃん」

声の主は、漫画本に向かって嘆いているようだった。髪は長めにセットしてあり、首には赤いヘッドホンがかけてある。いかにもチャラそうな外見であった。それだけ、イケメンだと言ってもいいだろう。彼は、副会長の、鮎川《あゆかわ》先輩だ。全校集会で、新しい生徒会役員に任命されていた。また、成績優良者としてよく表彰されている。

「先輩、学校でくらい漫画なんて読むのやめましょうよ～」

鮎川先輩の隣に座って、甘い声を上げているのは我利坂智世《がりざかともよ》だった。見たことがある。女子の中で一番化粧っ気があって、大人びている。彼女が生徒会役員だというのは知らなかった。

「はい、注目」

ここで会長が手を叩き、鮎川先輩と我利坂智世の視線を集める。鮎川先輩が「あ？」と視線だけを向けた。我利坂さんも興味深そうにこちらを見る。

「今日から一か月、試用期間になる、矢斗春一くん」

僕は形だけ、「よろしくお願いします」と頭を下げる。鮎川先輩は僕を値踏みするように覗き込み、尋ねてくる。

「矢斗ってことは、雪那さんの弟か」

会長が「そうよ」と肯定する。

「ふうん。……お前、好きなアニメは？」

「いえ……アニメとか観ないのでよく分からないです」

「じゃあ、好きなゲームは？」

「ゲームもしないので、よく分からないです」

鮎川先輩は何度か頷いて、納得したような声を上げた。

「つまり、何でも布教が可能ということか」

「布教……？」

「気にするな。最初はソフトなものから勧める。ちゃんと布教順番リストも作ってあるから安心していい。昨今はゲームに影響された犯罪がどうこうとかで、風当り強いからな。しっかり布教しないと」

何を言っているのか分からないので、余計に警戒するだけだった。

鮎川先輩は、重度のオタクとして有名だった。女子から人気があるのだが、オタク趣味に没頭し過ぎて、彼女を作らないらしい。

「にしても会長、智世も試用期間だろ？　生徒会役員増やしすぎじゃねえの？」

我利坂さんも試用期間なのか。

「いいの。智世ちゃんはもう明後日には試用期間が終わって正式に生徒会役員だし。今、めぐみが休んで大変でしょ？　誰かが休んでも回るようにしなきゃ」

めぐみという生徒会役員を、僕は知らなかった。集会で発表されたのは、投票で決まった役職付きの生徒会役員だけだ。つまり、会長と副会長だけである。

「一応、各クラスの委員長は生徒会役員ってことになってるんだから、人手が足りないときはがんがん使えばいいだろ」

「私は頭脳となる生徒会役員が欲しいのよ」

鮎川先輩は「へえ」と言って、漫画に視線を戻した。そこで、我利坂さんと初めて目が合う。にこりと微笑まれたので、軽く会釈した。

「あの、早伊原先輩」

早伊原先輩は人差し指を自身の唇に当てる。

「会長って呼んで欲しいな。一応、仮にも生徒会役員なんだから。ここではそういう決まりなの」

「この前、こいつが作った決まりだけどな」

鮎川先輩が鼻で笑う。

「ちょっと！　言わないでよ！」

会長は耳を赤くする。まあ、一か月だけだし、とりあえず僕は了承する。

「会長、生徒会の仕事って、何したらいいんですか」

「その都度教えるよ。差しあたっては、明日、泊まりの準備してきて」

「え……？　泊まり、ですか」

いきなり怪しいセミナーとか始まったりしないだろうな……。僕の疑いの視線に気が付いたのか、会長が笑う。

「そんな警戒しないでよ。これでも私、雪那さんに可愛がられてるんだよ？　私の話、一回くらい聞いたことあるはずだよ」

「まあ、はあ……」

お茶を濁す。姉から、後輩の話など、聞いたことがなかった。

「それで、どうして泊まるんですか？」

「歓迎会みたいなものだと思ってくれればいいよ。場所はここ、学校ね」

一か月したら辞めようと思っているのに、申し訳ない気持ちになる。ここで、鮎川先輩が口を挟んだ。

「皆でお泊まりっていうの、やってみたいんだってよ。歓迎会っていうのは建前な」

後で知った話だが、生徒会役員は、学校に泊まることができる。申請し、教師の許可が下りれば大丈夫だ。それなりの理由が必要だが、このとき生徒会の顧問は、適当で有名な坂本先生だったので、会長は適当に丸め込んで許可を得たのだろう。

会長は鮎川先輩のもとへずんずんと歩いていき、小声で言う。

「ちょっと、後輩の前でそういうこと言わないでよ」

「だって本当のことだろ。つーか、めぐみが戻ってきてからでいいじゃねえか」

小声なのは会長だけで、鮎川先輩は、漫画を読みながら普通の声量で返答する。どうやら鮎川先輩は、この提案にあまり乗り気ではないようだった。

「この日しか取れなかったんだから、仕方ないでしょ……。私だってめぐみがいたらって思うけど、ここを逃したら、もう取れそうにないから」

会長が使う、泊まる言い訳の問題らしかった。

「分かってるよ。新規メンバーの方を優先すんのは当然だからな」

会長は「もう」と、唇をとがらせて鮎川先輩から離れ、生徒会室の入り口へ向かう。

「それじゃあ、私は、園芸部に行ってくるから」

鮎川先輩は「行ってら」と漫画から目を離さず言い、我利坂さんは「行ってらっしゃーい」と手を振る。会長は軽く手を上げて、生徒会室から去っていった。

「部活、やってるんですね」

そう、誰に言うでもなくつぶやくと、鮎川先輩が拾ってくれる。

「今んとこ、正式な生徒会役員は全員やってるな。会長は園芸部、俺は漫画部、今は都合でいないが、めぐみってやつは演劇部だ」

部活と掛け持ちができるということは、そこまで忙しくないのかもしれない。このときはそう思ったが、後になって、掛け持ちしている人が単にすごいだけ、ということが分かった。僕は生徒会だけで精一杯である。

我利坂さんが会話に割り込んでくる。

「へえ！　瑞人先輩、漫画も描けるなんてすごいですね。私、読みたいなあ」

「あー、漫画は家だから今ないわ」

「あ、じゃあ今度の土日とかどうですか？　ぜひ読みたいです！」

「前も言ったけど、土日はバイトだから無理だって」

鮎川先輩は女子にデートに誘われているというのに特に興味なさそうに漫画を読み続ける。端から二人の様子を見て、我利坂さんってこういうタイプなんだ、と理解する。

「そうですかあ……残念です。この前、瑞人先輩が言っていたゲーム、買ったんですよ。結構進めたので、もう協力プレイできると思います。一緒にやりませんか？」

その言葉を聞いて、鮎川先輩は漫画を閉じた。そして手を叩き、目を輝かせる。

「お！　マジか。いやぁ、智世は将来有望だな」

我利坂さんが嬉しそうに笑う。

「じゃあ今からやりましょうか」

「あ、すまん。本当今日たまたま置いてきちゃったんだ。明日やろうぜ。泊まりだし」

「はい！　楽しみにしてますね」

鮎川先輩は漫画を鞄にしまい、立ち上がる。

「じゃあ今日はこの辺で」

「はい、また明日ですね。今日もたくさんお喋りできて楽しかったです」

我利坂さんに「おう」と言い、僕に「お先」と声をかけて出ていく。僕はすぐに彼のあとを追いかけた。すぐに追いつき、廊下で声をかける。

「あの、鮎川先輩」

「矢斗か。どうした？」

首だけで振り返り、僕が隣に並ぶと再び歩きだす。

「あの、僕、……生徒会、一か月でやめようと思ってるんです」

一応、伝えておこうと思った。変な期待を持たせるのはやめたい。

「そうか……。まあでも、そう言わず、一か月じっくり考えればいいんじゃねえの。一か月後に合わないと思ってやめても、別に誰も何にも言わねえよ」

一か月じっくり考えたところで僕の考えが変わるはずがない。だってこれは、彼とのことなのだから。合うとか合わないとか、それ以前の問題なのだ。しかし、説明するのも変なので「わかりました。ありがとうございます」と言うにとどめる。

「あ、これからめぐみに会いに行くんだけど、どうせだし顔見せとこうか」

断る理由はなかった。僕は了承し、鮎川先輩についていく。

「って言っても、もう知ってるか？　同じ学年だもんな」

「めぐみさんですか。知らないですね」

僕は極力女子とかかわらないようにしている。名前を知らない女子は珍しくなかった。特に、違うクラスの女子生徒など、顔も知らない人もいるほどだ。

「その、めぐみさんってどうして生徒会を休んでるんですか？」

さっきから気になっていることだった。

「部活が忙しいっていうのと、家の都合。ちょうど一か月、生徒会を休むことになってる。智世はもともとその助《すけ》っ人《と》として来たんだ。でも、気に入ったみたいで、あのまま生徒会に残りそうだけどな」

表情次第では、我利坂さんのことをどう思っているのか読み取れる言葉だったが、真顔だった。我利坂さんの好意に気付いていないのだろうか。

「智世が正式に生徒会役員になる日と、めぐみが戻ってくる日が一緒になるのか……。何だか一気にうるさくなりそうだな」

鮎川先輩は、そう言いながらも嬉しそうだった。めぐみさんが戻ってくるのを楽しみにしているようだ。今だってわざわざ会いに行くくらいだし、二人は仲が良いのだろう。

一度、下履きに履き替え、ホールに向かう。鮎川先輩が裏口のドアノブに手をかけたときに、思い出したように言った。

「あ、明日泊まりなことは秘密な？　仲間はずれっぽくなってかわいそうだから。別に言っても気にしないとは思うんだが、一応な」

僕が首肯すると、ドアを開け、中に入る。舞台裏に繋がっていた。ちょうど、舞台の上に、背景らしき大きな板を四人で運んでいるところだった。近くには塩ビパイプが多数積まれており、良く見ると、あたりにあるスコップの柄や机の脚なども塩ビパイプ製だった。小道具は塩ビパイプで作っているようだった。

近く、学生向け公演会でも開くのだろうか。

鮎川先輩が、運搬している人を観察する。めぐみさんを探しているみたいだ。しかし、見つけ出せないようですぐに視線を逸らす。

「四人しかいないですね。他の部員はどこなんでしょうか」

「いや、演劇部はもともと全部で五人だよ。めぐみがいないだけだ」

五人。三年生が二人、二年生が二人、そしてめぐみさん、という構成らしい。

辺りを見回し始めて、とある一点で止まる。そこには、垂れ下がった暗幕を体に巻き付け、座っている女子がいた。髪が長く、それで顔が隠れてしまっている。眠っているようだった。

「あーあ、仕方ねえな」

鮎川先輩が頭をかき、彼女に近づく。

「おい、めぐみ、起きろ」

しかし反応はない。

「めぐみ。みんな仕事してんぞ」

それでもやはり反応がなかった。どうするのだろうと思っていると、鮎川先輩が、いきなり彼女の頬をつまみ、ぐいっと引っ張った。

「いた、いたい、いたいって」

さすがに彼女は起きたようで、鮎川先輩の手をつかんでやめさせようとする。鮎川先輩はその様子を鼻で笑ってから、ゆっくりと言う。

「おー、はー、よ」

彼女は鮎川先輩の手を頬から引きはがし、少し涙を浮かべながら言う。

「またですか！　瑞人さん、ほっぺは痛いからやめてくださいっていつも言ってるじゃないですか。普通に声かけてくださいよ」

「それで起きるならそうしてるっつーの。今までそれで起きたことねえから。悪いのはめぐみだ」

「毎回毎回、私が寝てると邪魔してきて……」

「はー？　起こしてやってるの、感謝してくれよ」

唇をとがらせるめぐみさんを見て、鮎川先輩は楽しそうに笑っている。めぐみさんも本気で嫌がっているわけではないようで、やり取りには親しみが感じられた。

舞台に背景を設置し終わったようだ。運んできた人がばらばらとこちらに移動してくる。その中の一人の男子生徒が鮎川先輩に声をかけた。

「鮎川。またお前、めぐみちゃんにちょっかい出しに来たのか」

「サボってないか確認に来たんだ。生徒会休んでるんだから、その価値に見合うほど働いといてもらわないと」

男子生徒はあきれたように言う。

「めぐみちゃんは疲れてふらふらだったから、休ませてあげただけだ。いつも一番遅くまで働いてるよ。昨晩も一人で小道具、作ってたんだからな」

「あ、そーなん。じゃあいいけど。っていうか気を付けろよ？　最近この辺、熊《くま》出るんだから」

鮎川先輩が真面目な表情でめぐみに向き直る。

「分かってますよ、大丈夫」

一週間ほど前に付近で熊の目撃情報があり、そのせいでその日は学校が半日になった。

めぐみが気にするように僕を一瞥した。鮎川先輩が視線に気付いて僕を紹介する。

「こいつは、矢斗春一。今日から生徒会に試用期間で入る。あの雪那さんの弟だ」

めぐみさんの視線が僕に移る。彼女は無邪気なほほ笑みを浮かべて、僕を数秒間見つめる。髪は長く、背は女子にしては高い。すらっとした体型だったが、浮かべる表情のせいですべてが幼く感じられた。外見とのギャップで、背伸びをしたい中学生のような印象だった。彼女が上九一色だと気づくのは、銅像事件が決着した後のことだ。

「よろしくね。矢斗くんって、一組だよね？」

「そうだけど、僕のこと知ってるの？」

彼女は頷く。

「でも、話したことはないかな？　あたしが一方的に見かけたことがあるだけだと思う。あたし七組だから、教室も遠いし、体育も一緒じゃないし、会う機会はないよね」

会ったことないのも当然だろう。一組と七組では階が違うのだ。

「なるほど。めぐみさんは明後日、生徒会に戻ってくるんだったよね。短い間になるけど、よろしく」

「うん、よろしくね」

ふっ、と彼女の口から息がもれたように感じた。笑ったのだろうか。気のせいか？

こうして、生徒会役員全員に、あいさつを済ました。

次の日の放課後。しばらくは生徒会室で、会議のデモンストレーションをしたり、生徒会での規則や伝統を教えてもらっていた。学校内から生徒がいなくなった十九時頃に、職員室の隣にある倉庫に皆で向かった。それぞれが自分用の布団を抱え、運ぶ。布団というのは案外重たい。僕は息を切らしていた。先に行く鮎川先輩が言う。

「おい、矢斗。大丈夫か？」

「ええ……」

男子は生徒会室で寝るために、三階に運ぶ必要があった。女子は職員室の脇にある宿直室を使うので、すぐに運び入れることができる。

やっとの思いで、生徒会室に布団を運び入れる。

「よし、それじゃあ、春一くんと鮎川から、シャワー行ってきて」

会長の指示で、僕と鮎川先輩は、プールに併設してある運動部用のシャワールームに向かう。そこへ行くには一度外に出る必要があった。校庭脇を歩いているときだった。

「矢斗、お前って、結構普通なやつなのな」

鮎川先輩はどこか安心するように言った。

「どういうことですか。そりゃあ普通ですよ」

「ほら、噂、あるだろ？」

「……まあ、ありますけど」

僕が引き起こしたことになっている、数々の事件のことを言っているんだろう。

「あんなもんが嘘だなんてことは分かってる。だけど、全部に対して、まったくの無関係ってわけでもないだろ？」

「……」

ここで僕は、鮎川先輩への警戒度を上げた。この人は、鋭い。

僕の「体質」により引き起こされた事件。その全ての犯人、黒幕は僕となる。僕は「体質」によって事件に巻き込まれそうになったとき、ほとんどは、その事件が表面化しないように動く。しかし、中には、誰かのために敢えて僕が犯人だと名乗りを上げたり、皆が僕を犯人だと思うように誘導した事件もあった。

鮎川先輩は、そのことにまで気付いてる。

「驚いてんのか？　おいおい、俺を誰だと思ってる。副会長だぞ」

彼は不敵に笑った。底知れぬ人だ。

「しかもお前、雪那さんの弟だろ。一体どんなヤバいやつかと思ってたよ。でも、普通だ。普通に捻《ひね》くれた、普通の悩める高校一年生」

捻くれているのは普通でいいのか。

「ちゃんと感情を共有できる。俺の延長線上にいる」

だから、と彼は続けた。

「お前は、生徒会やめないよ」

僕は俯いて、返事をしなかった。


シャワーを浴びて生徒会室に戻り、今度は会長と我利坂さんと交代する。鮎川先輩にアニメ知識を仕込まれていると、電話が鳴った。僕のではない。

「もしもし。会長？　どうしたよ」

鮎川先輩のもののようで、彼が電話に出る。

「あー、……了解」

会話は十秒と経たずに終わった。

「何の電話ですか？」

「学校に入れなくなったんだと。セキュリティロックだ。最後の先生が帰宅したんだ」

「どうするんですか？」

「ちゃんと事前に、解除する方法を教えてもらってる」

そう言って、鮎川先輩は立ち上がる。机の上にあった鍵を手にし、生徒会室の隅にある金属製の蓋《ふた》を開けた。その中にあった鍵穴に鍵を差し込み、半回転させる。すると電子音が等間隔で鳴り始めた。

「なんですか、この音」

そう言っている間に、電子音の間隔がせばまっていく。気持ちが焦る。

「ほら、早く出るぞ」

鮎川先輩がドアを開け、顎で僕を促す。指示に従い外に出ると、先輩はすぐにドアを閉める。すると、電子音が鳴りやんだ。

「あれが鳴ってる間なら、一時的にセキュリティが解除されて、ドアを開けても大丈夫なんだ」

そのまま玄関まで歩くと、ガラスの向こう側に、寒そうにしている会長と我利坂さんの姿があった。鮎川先輩は、玄関の横にあった金属製の蓋を開け、鍵を差して回した。すると、さっきと同じような金属音が聞こえ始める。内側から施錠を解き、会長たちを中に入れた。

「さむい……」

会長は自身の肩を抱く。二人とも震えているようだった。髪が濡《ぬ》れているから余計に寒いのだろう。階段を上がったところにある金属製の蓋を開け、同じようにすると、再び電子音が鳴り始めた。

「いちいち面倒かもしれないけど、全てのドアにセキュリティがついてるからな。これやらないと警備会社に連絡いくから気を付けろよ」

「分かりました」

生徒会室に入ると、会長がストーブをつける。しばらくその前で暖を取った後に言う。

「よし、これでいつでも寝られるね」

そう言って、会長が自分の鞄から何かを取り出す。すぐに背中に隠してしまったために、何かよくわからなかった。鮎川先輩にもそれを渡す。

そして、ぱっと体の前に持ってきて、言う。

「生徒会にようこそ！」

パン、パン、とクラッカーが鳴る。会長が持っていたものはクラッカーだったようだ。

「ありがとうございます。嬉しいです」

我利坂さんはすんなり礼を言うが、僕は戸惑ってしばらく声が出せなかった。こんな経験は初めてだったからだ。しばらくした後に、「ありがとうございます」と上の空で言った。会長と鮎川先輩は、鞄から菓子や飲み物、食材を出し、机の上に並べ始める。

「今晩は、宴《うたげ》だよ！」

寒いのとまぶしいのとで目が覚める。上半身を起こして確認すると、隣にいる鮎川先輩に布団を全て持ってかれていた。

ここは生徒会室、僕と鮎川先輩が寝る場所だ。会長と我利坂さんは宿直室にいる。

時計を見たら、三時だった。午前三時だ。外はまだ暗い。

喉が渇いた。机の上にある、飲みかけのお茶を紙コップにうつして飲み干す。なんだか、目が冴《さ》えてしまった。窓の外を見る。正門が月明かりで照らされている。今日は明るい夜らしかった。廊下も、月明かりで照らされているだろうか。

歓迎会、楽しかった。こんな気分は久しぶりで、だからこそ同時に後ろめたい気持ちもあった。これは彼との約束を破ったことにならないだろうか。ふと、思い出す。

『真夜中、ふと目覚めたときに、思うんだよね。今、学校ってどうなってるんだろうって。廊下とか教室とか。誰もいなくて、暗闇で、そこにあることを誰も認識していない。なんか、怖いよな。そこに確かに存在することを、誰も証明できないんだよな』

辻浦慶《けい》の言葉だ。彼はたまに、よく分からないことを言い出すのであった。

「……」

でも、その感覚は、僕にも分かった。

机の上にある鍵を手に取る。僕は、学校を散歩することにした。

セキュリティを解除すると、電子音がなりはじめる。そうっと生徒会室の外に出るが、電子音がうるさいので、普通に出ても影響はなかったかもしれない。

廊下は月明かりに照らされて神秘的だった。そこからぼうっと外を眺める。夜の学校は、やはり楽しい。誰も人がいなく、この世に一人みたいだった。

突然、ゴウン、と重低音が響く。正門の方からだ。何だろうか？　不気味な音だったが、そちらは暗くて、何も見えなかった。

しばらく徘徊《はいかい》し、満足した僕は生徒会室に戻り、再び眠りについた。

「ちょ、ちょっと待って！　ストップ！」

その声で、僕は二度目の目覚めを迎える。既に教室は光で満たされており、まぶしくて薄目を開けることしかできない。さっきの声は会長のものだ。何があったのだろうか。

鮎川先輩の布団は片付いていた。僕は周辺を確認する。生徒会室のドアの前には我利坂さんが立っている。会長は机のそばで四つん這《ば》いになっていた。紙を拾い集めている。

「み、見た……？」

会長がおそるおそる智世さんに尋ねる。

状況的に、会長は見られたくない何かをしていて、我利坂さんが生徒会室に入ってきた。おおざっぱに言えば、そんなところだろう。

「え、それって――」

「言わないで！」

会長は耳まで真っ赤にしている。我利坂さんは会長に圧倒されているのか、黙ってしまった。

「……これ、秘密にしてもらえる……？」

会長は震え声で言う。

我利坂さんはこくこくと頷き、「はい」と小さく言う。

「ごめんね、ほら、可愛いから。普段は見られないものだし」

会長がたじたじと言う。

間の悪いタイミングで起きてしまったらしい。そのまま寝たふりをすることにした。

しかし、我利坂さんの次の言葉で、そうも言っていられなくなった。

「あの、会長……銅像が消えたって、問題になってるんですけど」

3

僕はすぐに会長に起こされる。時間を確認すると、まだ午前五時半だった。

やがて鮎川先輩も生徒会室にやってきた。僕ら四人は椅子に座り、話し合いを始めた。

まず、会長が我利坂さんに尋ねる。

「銅像が消えたっていうのは、どういうこと？」

「会長には言いましたけど、私は今日使うプリントを家に忘れたので、始発で家に帰ろうと思っていたんです。それで正門のところの銅像がなくなっているのに気が付きました」

　ここで鮎川先輩が口を開く。

「待て。銅像って、あの移動しようとしてたやつだろ？　だったら既に移動されただけなんじゃないか？」

「私もそう思ったんですけど、教師が二人、銅像のところで何か話していたんです。用務員さんもいました。ただならぬ様子でした。私は話を聞こうと正門に行きました」

　何事かと尋ねると、教師は「銅像がなくなった」とだけ答えたと言う。状況把握に忙しそうで、我利坂さんはすぐに放り出されてしまったらしい。

　鮎川先輩は落ち着くように長く息を吐き出してから、ぶつぶつと何かを唱え始める。

「銅像だろ。まず土台の石材の高さは約八十センチ。幅を二十センチとして、体積はだいたい――」

　フェルミ推定をしているようだった。やがてぴたっと言葉が止まり、ゆっくりと顔を上げた。

「全部で六十キロくらいか」

　その言葉に、我利坂さんが反応する。

「銅像の重さですか？　どうして計算したんですか……？」

人が運べるかを検証するためだろう。そして、六十キロというのは一人では運ぶのが難しい重さだった。誰も答えないのを見て、会長もそれを分かっているようで、険しい表情をして何も言わなかった。

「人が運べる重さかどうか考えてたんだ」

鮎川先輩が仕方なさそうに口を開いた。

「人が……？」

我利坂さんが不安そうな顔をする。

皆、考えていることは一緒だ。

「……智世の家は確か下り方面だったよな？」

我利坂さんが頷く。

「その始発に乗るつもりだったってことは、下り方面の電車はそれより前にはない。上りの始発はもう出てんのかな」

それには僕が答える。

「いえ、上りもまだです」

藤ヶ崎高校の最寄り駅、藤ヶ崎駅を通る電車で一番早いのは、五時五十二分の下りだ。藤ヶ崎高校を通るバスはない。ほとんどの通学者は電車だ。

昨日、少なくとも僕と鮎川先輩がシャワーを浴びた後までは、銅像は存在していた。あれは二十時頃だ。そして現在、五時半にはない。

つまり、銅像をどこかへやったのは、生徒会だと疑われる可能性が高いということだ。

皆が沈んだ雰囲気で黙っていると、突然、ノックの音が響いた。

「おーい、ちょっといいか」

相馬《そうま》先生の声だった。一学年の、学年主任だ。

会長が「はい」と声を上げる。すると、相馬先生はドアを開け、入ってくる。

「お前ら、駅まで送ってやる。今日は学校、休みだ」


学校のマイクロバスで送ってもらう。助手席には会長が座り、二列目に鮎川先輩と我利坂さん、最後列には僕、という順番になった。

会長が尋ねる。

「……どうして学校、なくなったんですか？」

「あー、お前ら、銅像どうなったか見たか？　なくなってるんだけど」

「はい。車に乗るまでの間で見ました」

「あれ、すぐ見つかったんだよ」

僕は驚きを隠せず「え」と声をあげてしまう。

「正門少し出たところの林。軽く土が被せてある状態で見つかった」

正門前は道路を横断すれば林になっている。銅像は正面横にあった。そこから林までは約二十メートル。どういうことだ？　犯人は何を思ってそんなことをした？

「あれ、熊の仕業だって通報があってな」

熊……？

「なんでも、朝の散歩中に藤ヶ崎高校の前を通って、その時に、熊が銅像を倒して運んでるのを見た人がいたらしいんだ。移動工事も終盤で銅像の根元、切り離されてたしな。熊くらいの力があれば動かせるだろう」

「熊が、ですか」

「ほら、最近、このあたりで目撃されてるだろ。まだうろついてるかもしれないから休みだよ。もう連絡網が回ってる。お前らも、家の人が心配する前に連絡とっとけよ。ま、まだ起きてないかもしれんが」

これは僕にとって衝撃的な展開だった。

「なあんだ」

そう安堵の声を漏らしたのは、我利坂さんだった。

五分ほどで駅に着いた。僕らは全員そこで下ろされる。電車が来るまで改札外のベンチに座ることにした。僕と会長、我利坂さんは下り方面で、鮎川先輩は上り方面だ。運が良いことに、次の上り電車と下り電車の時間は、ほぼ一緒であった。

「いやぁ、それにしても、熊で良かったですね」

我利坂さんがぐいっと伸びをしながら言う。

「てっきり、人間が犯人かと思ってましたよ」

「そうね。まあ、熊は熊で怖いけど」

会長が笑顔で言う。会長は、これで納得することにしたようだった。

我利坂さんが、鮎川先輩に体を近づける。

「あ、瑞人さん。今日はバイトないですよね？」

「あぁ、そりゃあ、もちろんないけど」

「じゃあ今日、遊びませんか？」

鮎川先輩は「うーん」と悩むようなそぶりを見せる。バイトが本当かどうか知らないが、ずっと断る理由として使っていたものである。断ると多少の罪悪感が伴い、いつかそれを叶えてあげようという意識が働くものらしいが、鮎川先輩もそうなのだろうか。

「せっかくお休みになったわけですし、こんなこと滅多にないですよ」

「いや、まあ、そうだけどよ」

鮎川先輩が、こちらに助けを求めるように目配せしてくる。会長はにこりと微笑んで、それにこたえた。

「いいんじゃない？　たまには遊んでも」

裏切りだった。鮎川先輩はそれに一瞬目を丸くするが、やがて仕方がないと腹をくったみたいだった。

「じゃあ、私、このまま上り方面の電車に乗りますね。ゲーセン行きましょ、私、練習したんですから」

鮎川先輩は何か言いたげにこちらを見ていたが、そのまま我利坂さんに手を引かれ、改札の中へと入っていった。もうそろそろ電車が来る時間だった。

「私たちも入ろっか」

「そうですね」

改札をぬけ、向かい側のホームに鮎川先輩と我利坂さんがいるのを見ながら問う。

「会長、どうして我利坂さんの背中を押すようなことを言ったんですか」

まだ三日しかいない僕でも分かる。鮎川先輩は、めぐみさんのことが好きだ。そして、めぐみさんも、鮎川先輩のことを悪くは思っていない。あそこは両想《おも》いなのだ。鮎川先輩とめぐみさんが一緒にいるのを一目見て分かるのだから周知の事実だろう。会長だって分かっているはずだ。

「うーん……ここだけの話だけど、めぐみがね、なんだかあそこを二人きりにさせようとしてるのよ」

「めぐみさんが……？」

「ほら、鮎川ってモテるでしょ？　たぶん、学校で一番人気があるんじゃない？」

この時はまだ、浅田の知名度はそこまで高くはなかった。学園祭のバンドで大注目を浴びた浅田は、今、人気急上昇中だったが、まだ鮎川先輩までは届いていなかったのだ。

「智世はずっと狙ってたみたいなの。それで、生徒会に入りたいって前から言ってたらしいんだけど、ほら、うちって、生徒会内での恋愛、禁止じゃない？」

「初耳ですけど」

会長は固まって、ごまかしたような笑いを向ける。

「あれ……言ってなかったっけ？」

「ええ、聞いてませんよ。生徒会合宿の話とか、買い出しの話とかは聞きましたけど」

「ごめん」

会長は手を合わせて深く頭を下げる。僕はむしろ、頭を下げられたことに焦る。

「いや、いいですよ。僕、恋人作れないですし」

「作れない……？」

会長が不自然な言葉に反応するが、「恋人、作ろうと思ってないです」と言い直すことで、その疑問は流れたようだった。

「ともかく、昔からそういう方針で、前会長もそれを遵守《じゅんしゅ》しててね。で、私の代になって、入ってきたわけ」

「会長も断れば良かったじゃないですか」

「そんなことしないよ。私は、生徒会内で、恋愛ＯＫにしようと思ってるし」

「えっ、そうなんですか……？」

生徒会の説明をされたとき、散々「伝統が」と聞かされた気がするのだが。

「それで問題が起きたらまずいけどね。でも、恋愛禁止とか、なんか古臭いし、それに逆効果な気もするしね」

「それで我利坂さんを生徒会に加えた、と」

「もちろん、めぐみが一か月休むことになったっていうのもあるし、めぐみの推薦があったっていうのも大きいよ」

推薦。僕の思っている通りなら、めぐみさんと我利坂さんはライバルの関係となる。そのライバルを、どうしてわざわざ、好きな人に近づけるのだろう。

「めぐみが鮎川のこと好きっているのは、その通りだろうけど、まあ、そこもいろいろあるんだと思うよ」

そういうものなのだろうか。女心というのはよく分からない。

「そんなに智世のこと、嫌わないであげて」

会長が優しい目で僕に言う。その言葉を聞いて驚く。

「嫌ってなんかいませんよ」

「そう？　それならいいんだけど」

僕はただ彼女が苦手なだけだ。

「私はめぐみと等しく智世のことも応援してるんだから」

会長が目を輝かせ、腕まくりをする。

「智世だって、めぐみに負けず劣らず可愛いでしょ？」

「まあ確かに外見は派手ですけど」

「いやー、素材の勝ちよね。彼女の部屋着見た？　シャワー後のやつ」

首肯する。確か、もこもこのパーカーを着ていたように思う。

「あんなにジェラピケが似合う子はなかなかいないでしょ。ボーダー柄だったけど、外見の派手さを考えれば、単色の方がはえると思うのよね」

そう言われても、僕はジェラピケが何なのか知らないし、智世さんを頭の中で着せ替えようと思ったこともない。会長はどこか興奮した様子で、いつになく早口だった。

「めぐみはワンピース型のが似合いそうだよね。実際、着てるみたいだし」

確かにめぐみさんは髪が長いから、似合うかもしれない。

「やっぱり部屋着って、その人の性格が一番出ていいと思うのよね。春一くんだって、イメージにぴったりだったよ」

昨日の格好は黒のシャツに黒のパーカー、黒のスウェットだった。

「春一くんの私服もだいたい想像つくよ」

「服装に無頓着なもんで……そんなに服なんて持ってないですよ」

「それはもったいないわよ。今度どこか買いに行きましょ」

どうしてこんなに乗り気なんだ。自分は学校指定のジャージだったというのに。もしかしてこの人、今回の合宿、皆の部屋着を見たいから泊まりにしたんじゃなかろうか。

僕と会長は、銅像の話に触れることなく、電車に乗り、家の最寄り駅で別れた。


正直に言えば、このまま忘れてしまおうと思っていた。誰も好んでサンタクロースの真実を語らないように、僕も求められない限り真実を語るのをやめようと思っていた。僕は非日常に巻き込まれたくなかった。ただ静かに、毎日学校に行って、家に帰っての繰り返しだけで十分だった。辻浦が二度と僕のことを思い出さないように、僕も二度と過去のことを思い出さないように、毎日を薄めて、平凡で優しい毎日を、過ごしていたかった。青春なんて、したくなかった。

だからこそ僕は、深夜のことを黙っていた。

僕が散歩に出たときに聞いた響く音。あれは間違いなく、銅像が倒された音だろう。夜中の三時半、すべてが暗闇に包まれている時間帯の話だ。

でも、朝に散歩した人が銅像に襲い掛かる熊を目撃したという。

それならそれでいい。

人を幸せにしない真実なんてものに、価値はない。真実を突き止めようとするから、誤解や勘違いが生まれ、結果、あの日のようなことが起こる。

皆が納得して、幸せになれれば、嘘でも偽りでもいい。

このときの僕は、胸の痛みを感じながらも、本気でそう考えていた。仕方がないのだと、世の中の理屈なのだと、そう思っていた。

そして同時に、このときの僕は知らなかったのだ。

人は、どうしてか真実に惹かれるという性を持っている。

次の日、僕は学校で、クラスの男子に尋ねられた。

「ねえ、銅像倒したのって、お前？」

4

噂はとどまることを知らず、一日もしないうちに、「銅像を倒したのは矢斗春一」ということになった。根拠は分からなかった。もしかしたら、ないかもしれない。僕の「体質」というのは、そういうものなのだ。「矢斗春一が犯人である」というところから始まる、思考ゲームみたいなものだ。

その日の放課後、僕は生徒会に出た。

集まったのは、会長、鮎川先輩、めぐみさん、そして僕だった。めぐみさんは今日から復帰だ。どこかどんよりとした雰囲気なのは、僕の噂のせいだろう。僕が犯人ではないと証明できればいいのだが、ここまで噂が広がってしまっていれば、そんなことは真犯人を見つけるくらいでしかできないだろう。

「それじゃあ、そろそろ――」

会長が始めようとする。しかし、メンバーはまだそろっていない。我利坂さんが来ていないのだ。

「我利坂さんはどうしたんですか？」

確か、めぐみさんの復帰と、我利坂さんが正式な生徒会役員になるのは同じ日だったはずだ。しばらくの無言のあと、会長が言った。

「あー、そのことだけど、智世は、生徒会をやめることになったの」

「え……？」

衝撃だった。

好きな人に近づける生徒会という機会を、彼女が無駄にするようには思えなかった。だから、考えられるのは一つだろう。彼女は、振られたのだ。

「………」

その事実から、すべての思考が繋がっていく。

僕が導き出した結果に、再び驚く。とても、そんなことをする人のように思えなかったからだ。

「今日の議題に入る前に、一つ。皆に改めて話しておかなくちゃいけないと思うから、ちゃんと話すね」

会長が話すのは、銅像消失事件のことだった。

「まず、めぐみ、誘わなくてごめんね。時期があの日しかなくて……でも、行けないのに誘ったらかわいそうだと思ったの」

頭を下げる会長に、めぐみさんは大げさに反応する。

「いやいや！　そんなの本当にいいですって。さっきも謝ってたじゃないですか。それにおじいちゃんの具合的に、やっぱり行けなかったから、大丈夫ですよ」

めぐみさんは部活が忙しいのにおじいさんの見舞いに毎日行っていたらしい。

「そして、銅像のことだけど、学校では、熊の仕業っていうことで決着みたい。足あとが残っていたとか。銅像の移動は今後も普通に進めるって。熊も捕まったようだし、もう大丈夫だね」

熊はここから五キロ離れた場所で射殺された。最初に目撃されたときから、あまりに人里に近いので警戒されていたようだ。ちらりと、皆の視線が僕をとらえる。噂のことを、聞きたいのだろう。

どうしてあんな噂が出回っているのか。本当に矢斗春一がやったのではないか。もしかしたら、そう思っているのだろうか。いや、そうではないだろう。生徒会の人たちは、皆、良い人たちだからだ。多分これは、僕を心配する視線だ。でも実際のところ、心配には及ばない。噂には慣れていた。

「そういうことになったの。だけどね、先生が話を聞きたいらしくて……だから、ちょっといいかな？　手間かけさせちゃってごめんね」

「話、ですか」

話をさせてもらえる機会ができるのは、僕にとっては有利なことだった。

僕らは職員室に移動する。すると、坂本先生に、会議室に通された。全員椅子に座らされる。坂本先生は足を組んで、首を大きく回す。

「いろいろ噂も回っているようだしな。単刀直入に聞くけど、銅像の件……お前ら、何もしてないよな？」

「合宿に参加してた人は何もしてないです」

会長が即答する。

「………………」

考えてしまう。その即答は、一体どういう意味なのだろう。

「そうか……それならいいんだが」

もしかしたら、ここで話が終わってしまうかもしれない。それは避けたかった。これは僕の弁明の時間だからだ。

「先生は、僕たちの中に犯人がいると、そう言いたいんですか？」

坂本先生が、僕をいぶかしむ目で見てくる。生徒会の皆が息を飲むのが分かった。こんなタイミングで、なんてことを言うんだと思っているのだろう。

しかし、ここで話が終わってしまったら、結局うやむやになってしまう。先生が欲しいものは、僕らの、犯行に否定的な証拠だ。

最初から、真実なんて見極めようとなんてしていない。警察を呼ばないのが証拠だ。

教師たちは、熊の話を鵜呑《うの》みにはしていない。そこには不自然さが残るからだ。どうして熊は銅像を移動した？　なぜ林から出てきた？　しかしそれは、謎のままにしておくことができる。他に可能性がないのなら、「そうだった」ということにできる。そして、彼らはそうしたいのだ。でも、あとから生徒がやったという証拠が出てくると困る。

証拠があるのかどうか、その調査をしているのだ。

「先生、学校にはセキュリティがあるじゃないですか。僕たちは、ドアを開けるたびにそのセキュリティのロックを外していました。つまりはそれが、外出記録です」

大丈夫です。それは調べても、ボロは出ませんから。そう宣言する。

銅像が動かされた時間は、最後に用務員さんが確認した二十一時から、同様に用務員さんが見つけた早朝五時頃までの間だ。

「銅像が動かされたであろう時間、つまり、二十一時以降、誰一人、校舎の外に出ていませんよ」

僕の強い言葉に、坂本先生は弱気になったようだった。僕から目を逸らす。

「……そうか。分かった、後日調べてみよう」

「今、電話で聞いてください」

警備の履歴なんていうのは、すぐに請求ができる。中学時代、トリックを仕掛ける際に夜中の学校に忍び込む必要があり、警備システムについて調べたことがあった。

僕は会議室の電話を指して言う。

「そこの電話からです。警備の番号なんですから、もちろん登録してありますよね。今、請求してください」

「……ああ、少し待ってろ」

坂本先生は、僕の剣幕に気圧《けお》されているのだろう、すぐに電話を始めた。

「――はい、照会お願いいたします。二十一時以降、校舎玄関のセキュリティです」

誰も、本当のことに興味がないこの状況が気持ちが悪いと思った。

真実を知ろうとしない。それは、犯行を無視していることということだ。

犯人は、それ相応の決意があったはずだ。運が悪ければ、警察行きだった。それを覚悟して、これを決行した。そこにある犯人の心を都合良く捻じ曲げ、一方的に利用しているのだ。

犯人はいったい、これをどう思っているのだろうか。犯人の表情をちらりと窺う。しかし、平気そうにしていた。

坂本先生が受話器を置く。

「早朝までは、校舎からは、誰も出た形跡がないようだ」

「そうですよね。これでスッキリしました。良かったです」

二十一時以降、誰一人、校舎の外に出ていない。あえてそう言った。坂本先生は、僕の言葉に従い、問い合わせしてくれた。その限りでは、問題がないようになっていた。

「……でも」

坂本先生の顔は厳しい。ばれたか。

今の問い合わせ方なら、大丈夫だと思ったのだが。

「午前三時頃に、生徒会室のセキュリティが解除されていた」

少しの失敗だった。生徒会メンバーが僕を見ているのが分かった。

「それは僕です。トイレに行ったんですよ。再びセキュリティが解除されるまでの時間、短いでしょう？」

「……そうか」

それ以上突っ込んでくることはなかった。坂本先生は、大きく息をつく。安堵したのだろうか。

これで十分だ。双方が合意した、作られた真実。それを破ろうとする者は現れない。犯行があった時間、生徒会メンバーが誰も外に出ていないことを僕は知っていた。なぜなら僕がセキュリティの鍵を持っていて、誰もドアすら開けられなかったからだ。

だから、熊のせいでいい。そしてその熊は駆除され、解決したのだ。

その日、僕は会長と一緒に帰った。電車で、彼女はこんなことを言うのだった。

「本当にありがとう。生徒会を守ってくれたんだね」

「違いますよ。僕は、自分から厄介ごとを引き離しただけです。これで少しは噂が収まると、そういう利己心で動いたんですよ」

僕の言葉は、真実だった。

会長は、優しく、あたたかい、とびきり清々しい笑顔を僕に向ける。

「やっぱり、春一くん、良い人だね」

「……いえ、そんなことないですよ」

本当に、生徒会のためではない。でも、僕の真実は信じてもらえない。真実となれない。会長は、僕を見ていない。鮎川先輩も、僕を見ていない。

誰も犯人を見ていないのと同様に。

彼らは、僕を良い人にしようとする。僕をそう見たいのだろう。もちろん、良い人だと言われて、悪い気なんてしない。褒められて、怒る人などいないのだから。

でもどこか、虚しい気持ちがある。

それが何なのかよく分からなかったが、隣に座る会長の笑顔を見ると、負の気持ちがなくなる。つい頬が緩み、凝り固まった何かが氷解していく気がした。こんなことは高校に入ってから初めてだった。

まっすぐな会長が、眩しく見えた。彼女のそばにいたら、僕は何か、大切なものを手に入れられるかもしれない。


これからしばらくして、鮎川先輩とめぐみは付き合い始め僕はめぐみが上九一色だということを知った。

そして僕は、生徒会に残ることを決めた。

＊＊＊

「会長、いまどこにいますか？」

会長に電話をかけると、すぐに出た。昨日、辞めると言い出したのが嘘のように、堂々と喋る。

「今は教室だよ」

「まだ出してないですよね？」

「……うん。鮎川に邪魔されて、まだ出せてないよ」

僕は鮎川先輩のせいではないと言ったが、自分の責任を感じて、会長に謝りに行ったのだろう。

「生徒会室に来てもらえませんか？　話があります」

五分ほどすると、会長は生徒会室の戸をたたいた。昨日ぶりだというのに、ずいぶんと久しぶりに感じる。

「会長……」

会長は何かの覚悟を決めてきたのか、大人っぽく見えた。彼女はPコートを脱ぎ、マフラーを外して、席についた。

「話って、何？」

「……会長、ずっと考えていました。会長が、どうして辞めてしまうのか」

「……」

「僕らに何か至らない点があったのではないだろうか、と」

「そういうわけじゃないよ」

彼女は苦笑して否定する。

考えていた。

どうして、こんなに会長が辞める理由がわからないのかを。

それは、僕らが会長のことを正しく認識できていなかったからに違いない。いつも会長のそばにいたというのに、僕は会長のことを、何も理解できていなかった。

「会長、僕が生徒会に入ったときのこと、覚えていますか?」

「……銅像のこと?」

僕は頷く。

銅像消失事件。その全ての真実を知ったのは、事件が起こりしばらくしてからだった。僕が生徒会の試用期間である一か月を終えようとしていたときだ。

あの事件の犯人が、僕には解っていた。

「犯人が誰だか、会長は知っていますか?」

「……あれは、熊のせいだってことになってたけど……」

「そんなわけ、ないですよね」

そう言うと、会長は黙った。

「確かに、私も疑問に思ったけど、でも、それ以上は考えなかったよ」

「……そうですか。じゃあ、今、その話をしますね」

会長には動揺は見えず、いつもの様子で僕を見据えていた。

「僕は三時頃に、セキュリティキーを持って、生徒会室から出ていました。少し散歩がしたかったんですよ。校舎の中だけです。僕はそこで、重い音を聞きました。たぶん、銅像が動かされた音でしょうね。でも、暗くて見えはしなかった。夜中に銅像が動いていたのは確実でしょう」

「熊じゃないってことね」

「ええ。犯人がいて、その人が動かした。でも、誰がそんなことをするんでしょうか」

銅像を動かして、何か良いことがあるのか？

「結果として、学校が一日休みになっただけでした。……でも、それで犯人の願いは叶いました。狙った通りになったんです」

「狙ったこと？」

「あの事件のあと、何が起きたでしょうか」

会長は少し考える。

「智世が辞めて、めぐみが戻ってきて、春一くんが生徒会に正式に加入したね」

そうだ。智世さんは辞めたのだ。

「どうして、智世さんは辞めたと思います？」

「……鮎川に振られたからじゃないかな？」

　僕は頷く。

「そうですね。あの休みになった日に、智世さんは鮎川先輩を遊びに誘った。おそらく、そこで告白して、振られたんでしょう。そして智世さんが、一か月の期間を終えて、辞めることを選択した。そして、すぐにめぐみが戻ってきました。何か不自然なところはありませんか？」

「……んー、智世は振られたから居づらくなってやめて、めぐみは、部活が落ち着いておじいさんの具合が良くなったから戻ってきたんでしょ？　特におかしいところはないんじゃないかな……」

「不自然ですよ。会長と鮎川先輩の話によれば、めぐみと、智世さんは、同時に生徒会に出ていない。まるで入れ替わりのようになっているんです」

　会長が「いやいや」とそれを否定する。

「めぐみが休むときに、代わりとして智世が来たんだから、最初は自然だし、めぐみが戻ってくるときも、たまたまでしょ？　最初から一ヶ月間って言ってたし」

「そもそもですよ。どうしてめぐみが生徒会を休むことになったか、ですよ。僕は、智世さんが、鮎川先輩に近づきたいから、自分を生徒会に加えてくれと頼んだように思います」

おじいさんの具合や部活の忙しさは後付けの理由だ。一ヶ月間休む、その一ヶ月は生徒会の試用期間から出た数字だ。

クラスでうまくやるためには、智世さんと良い関係を築く必要がある。彼女は生徒会に入りたいと、めぐみに何度も言った。でも、自分と共に生徒会に出れば、めぐみと鮎川先輩がうまくいっていることは分かってしまう。智世さんが鮎川先輩を好きでいる間に、それがばれてしまうことは、クラスでの立ち位置を危ういものにするだろう。

「めぐみは、智世さんがいるから、生徒会に行くことができなくなってしまった。でも、めぐみは鮎川先輩のことが好きでした。彼女にとって、生徒会は大事な場所です。どうしても戻りたい。戻るためには、智世さんが鮎川先輩を諦め、辞めるように誘導するしかない」

辞めてもらうには、どうしたらいいのか。智世さんが生徒会にいる目的をなくしてしまえばいい。

「めぐみは、自分が鮎川先輩に好かれているという自信があった。普段の様子からも、仲が良さそうでしたし」

「まあ、確かにそうだね。二人はその頃から仲良しだったし」

めぐみを紹介してもらったとき、鮎川先輩はわざわざめぐみに会いに行っているのだ。

そういう行いを見て、めぐみの自信はついたのだろう。

「だからめぐみは、智世に、鮎川先輩に告白してもらいたかったんです。そうすれば、振られることは見えていました。振られれば、彼女は鮎川先輩を諦め、生徒会を辞めていくと考えていたんだと思います。でも、なかなか告白をしない」

智世さんは、待ちの人ではない。自分からガツガツ行くタイプだ。そして振られれば次のターゲットへと移る。振った相手を悪く言うことすらあるかもしれない。

「状況を整えれば告白すると思った。会長も、そこは感じていたはずです。めぐみは、智世さんのことを応援している気がする、と言っていましたよね」

「そう、だね……」

「気が付くと、もう正式に生徒会に採用される時期が目前になってしまいました。だから彼女は、最終手段として、学校を休みにする方法をとったんです」

「……それで、銅像を……」

会長は納得するようにうなずく。目的を初めて知ったのだろう。

「そうです。犯人は、上九一色恵。家は学校の近くですから、夜に家を抜け出して来たんでしょう。目的は、学校を休みにして、智世さんに告白させ、彼女に生徒会を辞めてもらうためです」

この推理は、当時したものだった。僕は本人に確認した。すると、あっさりとそれを認めた。「ヤケクソだったんだよ」と笑っていた。それくらい、めぐみは鮎川先輩のことが好きだったのだ。

銅像は、取り外され、移動を待っていた。たぶん、めぐみはそれを見て計画を思いついたのだろう。突発的で、必死だったのだ。

「そうなんだ。……めぐみが、ね。でも、どうやって運んだの？」

「会長、演劇部の小道具って見たことありますか？」

「え？　そこまで注目したことはないけど、でも、見たことあるよ」

「知っていますか？　机の脚など、直線状のものは、結構、塩ビパイプが使われているんです」

「塩ビパイプ？」

首肯する。塩ビパイプは樹脂で加工が容易だ。それでいて、ある程度の耐久性もある。

「銅像はすでに根元が切断され、倒すことが可能となっていた。下に塩ビパイプを敷いて銅像を倒す」

六十キロの銅像を倒すのは容易ではないだろう。しかし、銅像の先の部分に体重をかければ、てこの原理で倒れたはずだ。

「塩ビパイプなど円柱状の物を並べれば重い物でも簡単に移動させることができる。」

「そっか……そんなこと……」

会長は俯く。

「これは勘ですが、会長は、それを見ていたんじゃないんですか？」

それを聞いて、会長は目を丸くした。そして沈黙する。その反応が何よりも真実を語っていた。

別に僕はこの真実をもって行動するわけではない。

ただ、どうしてそんなことをしたのか、理由が知りたいだけだ。

銅像消失事件。

皆は、暗黙のうちに、この謎に深入りするのはまずいと、手を引いたのだ。僕らは坂本先生に呼び出され、「お前らは何もしていないよな？」と確認された。あれは、真実を明らかにするチャンスだった。

熊の仕業にしたい学校側が、どうして僕らを呼び出したのか。それは意思を確認するためだ。「お前ら、分かってるよな？」と。

「坂本先生に呼び出され、尋ねられました。『お前ら、何もしてないよな？』と。そこで会長は即答しましたよね。『合宿に参加してた人は何もしてないです』と」

会長は当然のように肯定した。

「確かに私はそう答えたね」

それは一見生徒会役員をかばった言葉に聞こえる。しかしそうではない。ただ否定するだけではなく、条件を入れた。坂本先生の言う「お前ら」にめぐみは入っている。そしてめぐみは「合宿に参加してた人」ではない。会長の言葉は真実であり、めぐみを差し出し、自分を含めた他生徒会役員を守る言葉となる。

「会長がめぐみを破滅させるために言ったとは思えないんです。理由が分からない」

会長は答えない。

「……分かりました。続けますね」

これだけを考えていても分からないだろう。だから僕は、会長の別の事例も見てみることにしたのだった。会長の謎は、ほかにもいくつかあった。

「会長。夏休みの、生徒会合宿のことを、覚えていますか？」

「覚えてるよ。肝試ししたからね」

「僕は会長のご両親と、晩御飯をご一緒させていただきました」

そのとき、会長は食卓にいなかった。僕はそれにずっと不自然さを覚えていた。

「会長は、学校だとそんなに勉強しているそぶりが見えない。それなのに、家だと相当勉強しているように見える」

来客の際でも、食卓に出てこないくらいに。

「あれは……勉強が忙しかったわけじゃないですよね？」

「……勉強、してたよ」

部屋に閉じこもっているんだから、しているだろう。でも、真の目的はそこにはない。なぜ、環境が整っている学校ではやらないで、家ではやるのか。

学校と家で、違うところ。

様々な可能性が考えられた。結局のところ、上九一色が言っているように、ただ、家で勉強したい人だったのかもしれないとも思った。

でも、やっぱり会長は何かが違う。

会長が、銅像消失事件のときに、即答したのもそうだ。

この二つの問題には、何かしらの共通点がある。

考えた末に――ゲーム機のことを思い出した。

早伊原樹里にあげたゲーム機。話を聞く限り、会長はゲームが好きなようだった。しかし、ある日、それを全て早伊原樹里にあげた。でも、ゲームに飽きたわけではないようで、最新のゲーム機も、早伊原に買い与え、一緒にやっている。しかし、自分で所有しようとしない。

どうしてか。

想像する。ふとした会話だったのだろう。

早伊原の両親は、僕が家に行ったとき、ちらりと、ニュースの話をしていた。アニメに影響された人が放火をした、というニュースの話だった。それを受けて、母はこう言ったのだ。「怖いわね」と。

それとよく似たような話に、ゲームに影響を受けた事件、というのもあり、物議をかもす。鮎川先輩も嘆いていた。ある日、早伊原家でそれが話題になり、母親が「怖いわね」と言うことは、想像がついた。

考えすぎではないと思う。この考えを早伊原に確認すると彼女もそうだと言っていた。そういう会話があったのだ。それから会長は、ゲームを手放した。別に両親に強制された訳でもないのに、やめた。そして会長なら、その理由を、誰にも話さなかっただろう。両親には「飽きた」とか適当なことを言っていたはずだ。

銅像消失事件のことだって、彼女はただ、事件を熊のせいにしたい大人の期待に応えつつ、しかし嘘を皆で隠す空気に苛立っていた僕の期待にも同時に応えただけなのだ。

そういう、周りの期待に律儀に応えていった。

それと同じことが、跡継ぎ問題にも起きている。

早伊原父は、昔、花屋の跡を継いでほしいと考えていた。そう言っていた。しかし、母親に説得されて、今では「娘がしたいようにしてくれればいい」と考えている。

——だけど。

会長は知っているのだ。父が本当はどうすれば喜ぶかを。

どんなに母に心配されようが、どんなに父に「跡を継がなくていい」と言われようが、結局、内心どう思っているかなんてこと、丸わかりなのだ。

たとえ、父が本当に「もう跡を継いでほしくない」と思っていたとしても、会長はもう、そうは思わないだろう。

日々の期待から、人が自分に何を求めているのかを感じ取り、それを実践する能力。

会長はそれが非常に高い。

僕が会長とのことを思い出して、一番強く残った印象は、これだった。

「会長……あなたは、期待に、敏感なんです」

だから、皆が悪戯だとした、生徒会相談ポストに投函されたメッセージにも、応えようとしていた。

「……そうでもないよ」

そう言いながらも、会長は視線を逸らす。

そういったことを考えれば、会長がどうして家でだけ、必死になって勉強しているかが分かった。

「あれは、勉強をしているという、アピールなんですよね？」

家には、家族がいる。両親に、勉強していることを知らせるためだ。

「じゃあ、どうしてアピールする必要があったのか」

成績が最近ふるわなかったために、勉強しているところを見せて、安心させるため。

それもあったと思う。だけど、これは、僕が考えるに、副次的なものだ。

会長が一番狙っていたこと。

「跡を継ごうとしている姿勢を、見せること」

早伊原家の長女として。

「そしてそれは、会長を辞める理由の一つでもありますよね」

早伊原の母親は言っていた。

『生徒会長も大変だし、成績が下がるのも仕方ないわよ。よくがんばってるわ』

「心配するその声が、会長には違うふうに聞こえたんじゃないんですか？」

生徒会長が邪魔で、成績が下がっている。そうとらえてしまったのではないか。

「でも、それだけじゃない。……鮎川先輩と、めぐみのこともあった」

会長は人を責めたり、傷つけるようなことをしない。彼女は、人の機微にさとい。

「会長は、二人が別れて、生徒会内の雰囲気が悪くなったことに責任を感じて辞めたんじゃないですよね」

同じ辞めたでも、意味合いが違う。

僕が普段はまったく行わない思考だろう。だけど、会長と一年一緒にいて、僕は会長の本当の部分を、少しずつ感じていたのだ。

「会長は、別れたことを隠されていたから、辞めたんですよね」

隠されていたということは、それが表に出ると責任を取らなくてはいけない事柄であるということだ。鮎川先輩は、自分たちが別れたことを隠していた。それはつまり、会長が責任を感じなくてはいけないということが起きた、ということに他ならない。

会長は、責任を感じることを「期待」されたのだと思った。

会長の行動原理は、期待だ。

その後、先生に対して、保身のような言葉を言ったのだって、先生にそう言うように期待されていたからだ。あの場には、事実を隠蔽すべき空気があった。

周りの期待に応える。それが会長のすべてだ。

「……会長、あなたは、責任を取る立場の生徒会長として、そして、家を継ぐべき早伊原家の長女として、会長を辞めることにしたんです」

会長はそれをあっさりと認めた。

「うん……そうだよ。……君は本当に、すごいね。何でも分かっちゃう」

どこか寂しそうに言う。

「優しいんだね」

僕がしていることは、優しさではないだろう。推理だ。人の気持ちに寄り添って、その人の視点に立って、物事を考えることだ。

でも、それこそが優しさなのかもしれない、と思った。

「でもね、そういうことなの。私は、生徒会長を、辞めたいんだ」

どうしてそうなってしまうんだ。僕は顔を手で覆って言う。

「辞める必要なんてないんですよ……。全て、会長の勝手な思い込みです。誰も、会長に辞めてもらいたいなんて、思っていない」

早伊原の母親も、鮎川先輩も、会長をそんなふうに思っていない。

「でも、私はそういう人間だから」

諦めたように笑う。その悟ったような表情は、どこか上九一色に似ていて、絶望しているようにも見えた。僕も荒木に頷かされたとき、こんな顔をしていたんだと思った。

「……そういう人間」

僕は今回、会長のことを考え続けた。だからようやく、会長の本質の一端を垣間見ることができた。そうしなければ、会長を知ることができなかった。

「会長は、どうして僕が生徒会に入ったと思いますか？」

「……さあ」

「いろいろ原因はあります。でも一番大きな要因は、会長ですよ」

「私……？」

呆然とつぶやく。

「会長のそばにいたいと思ったからです。まっすぐな会長のそばにいれば、何か大事なものが手に入るかもしれないと、そう思ったからです。それから生徒会で過ごして、その中で、会長を応援したくなったり、心配になったり、そうして僕は、生徒会を好きになっていったんです。会長のおかげなんです」

「…………」

「ですけど、そんな会長が偽物に見えるときもありました」

「偽物？」

「そうです。会長が先生に呼び出されて怒られている教室の前を通りかかってしまったことがあります。生徒指導の教師でした。会長がたるんでいるから、生徒が校則を守らない、と会長は理不尽に怒られていました。でも会長は文句ひとつ言わず、その説教を聞き、教室から出ました。すぐに声をかけましたが、いつもの会長でした。そのあと、心配で、会長のそばに居ましたが、やっぱり、いつもの会長だったんです。そういうとき、僕は、会長は無理をしているんじゃないのか、と思っていました」

会長は「そんなことあったっけね」と笑う。

「本当にそれが、会長でしょうか。僕はそんなもの……偽物に見えます」

さすがの会長も、ショックを受けたような顔をする。

「偽物じゃないよ。これが私なの」

「そうでしょうか？」

「…………」

あるいは、そうなのかもしれない。根幹の部分で僕と会長は違い、まったく気持ちが共有できない。そんな可能性もある。だけど、そうではないと僕は思う。

会長は、無理をしていると、確信している。

会長は、期待に応えたいだけの普通の女子だ。

「僕は期待に応える会長が好きです。でも、ずっと、壁を感じていました」

「壁？」

「会長は、会長らしくないことを言わないでしょう？」

それは、会長が、会長としての役割を果たそうとしているということだ。でもそれは同時に、会長以外の側面を、決して見せないということでもある。

「会長は……早伊原葉月は、生徒会長だから早伊原葉月なわけでもなければ、早伊原家の長女だから早伊原葉月なわけでもないですよ」

周りに認められたい。皆に好かれたい。期待に応えたい。その気持ちは本物だ。だけどその感情が、その人自身になるわけじゃない。

「本物の早伊原葉月は、どこにいるんですか」

「…………」

「早伊原葉月は、本当は、どうしたいんですか」

これは、僕のエゴなのだろうか。僕が会長に辞めてほしくないから、そういうふうに誘導しているだけなんだろうか。そう不安になるが、そうではない。

僕には、早伊原樹里がついている。彼女が僕の推理を裏付けている限り、それは僕のエゴではなくなり、真実となる。

「……分かるよ、春一くんの言うことも。でも、これが私だから」

そうやって、嘘をつく。

会長が固めてきた殻は非常に硬くて、少しの衝撃で壊れることはない。

「本当に、辞めたいんですか」

「辞めたいよ」

「それは、辞めさせられてるだけなんじゃないんですか」

「違うよ、辞めたいの」

それじゃあ。

「葉月先輩は、花屋を継ぎたいんですか。本当に、経済学部に行きたいんですか」

「そうだよ。私が選んだ道だから。……いくら春一くんでも、そんなこと言うの、違うと思う」

会長の苛立ちが見てとれる。

「それが葉月先輩の道？」

そうじゃない。僕は、会長のなりたいものを知っている。

会長の秘密。我利坂智世が目撃した、何か。会長は床に散らばった紙をかき集めていた。あの紙に何が描かれていたのか、僕は上九一色から聞いて知っている。

「葉月先輩は、ファッションデザイナーになりたいんじゃないんですか？」

「えっ……？」

会長の表情が、切り替わる。

そのための努力だって、怠っていないだろう。ただ、だれにも言うことができず、見せられないだけで、なりたいという気持ちは確かにあるのだ。

会長は、寝ている僕を描いていたらしい。散らばった紙には、鮎川先輩と智世さんもいた。それぞれの普段の服装や、いつもと違う表情を見たいから、会長は、学校で泊まったのだろう。そこから生まれるアイデアもあるのだと思う。

「ど、どうしてそれ、知ってるの……。私、誰にもそんなこと……」

そこで、思い当たったようだった。会長の声が止まる。

今にして思えば、紫風祭の時、吸血鬼のマントを着たがっていたのも、そういうことなのかもしれない。会長は、服が好きなのだ。

「やだ、なんで春一くんが……」

会長は顔を赤くして、俯く。

僕はそれに確かな手ごたえを感じる。

「葉月先輩がどれだけ隠しても、僕は本物の先輩を、見抜いて見せますよ。もう、逃れられると思わないでください。隠しても、無駄ですから」

そう言うと、会長がおかしそうに笑った。僕もつられて笑う。

「ねえ、葉月先輩。先輩は、本当に生徒会長、辞めたいんですか？」

その答えは、聞かなくても最初から知っていた。

「………無駄みたいだね。分かったよ、降参するって、もう。……本当、春一くんは容赦ないんだから」

僕はほっと安心する。会長がいない生徒会は、まだ一か月早い。会長がいなくなる心の準備なんて、できていない。

「そうだよ、辞めたくないよ。だって私、生徒会、好きだもん」

会長が、にへ、と笑った。僕はその笑顔を見て安心する。

「あー……でもね」

ためらうような言葉を発する。

「……どうしたんですか？　何でも言ってください」

会長はそれでも何度か迷って、ようやく言う。

「その、私……他にも、生徒会長辞めようって思ってた理由が、あるんだけど」

「……？」

それは別に不思議なことではなかった。僕の推理がすべてなどと言う気は最初からない。僕が見ているのは、会長の一部だ。でも、どこかおかしい。

「その、……………………………ね」

「なんです？」

歯切れが悪い。僕と視線を一度も合わせることなく、耳を赤くそめて、会長は言う。

「……樹里に、悪いかなって」

「早伊原？　どうしてですか……？」

「ほら、春一くんのこと、先に捕まえたのって、樹里だし」

「…………え？」

僕は、その言葉の意味を正確にとらえている自信がなかった。

「……これ以上、一緒にいると、ほら………好きになって、……樹里に悪いから」

僕は、会長が何を言っているのかを理解し出す。それと共に、じんわりとあたたかいものが心臓のあたりからあふれてきた。

会長は、ちらちらと僕の目をうかがいながら言った。

「私……春一くんのこと、………好き、なんだ」

「………」

そんなこと、あるのか。

衝撃だった。

無言になる。なんと言えば良いのか、分からなかった。

今まで、何度も会長との仲を疑われてきた僕であるが、会長が僕のことを好きだというのは、考えたことがなかった。

会長がそう言ってくれたのは嬉しい。喜んでいる僕がいる。しかし、同時に、大きな不安を抱えた僕もいる。

会長が僕の一挙手一投足に注目している。不安なのだろう。

とりあえず、答えないと。

「僕は――」

僕は？

何だ。僕は、会長を見ると、微笑みたくなる。一生懸命な会長を、応援したくなる。一緒にいると、あたたかい気持ちが溢れてくる。

「……あの、僕」

僕はもう、早伊原との偽装恋人関係を破棄した。

完全にフリーだ。僕が誰と付き合おうが、誰を好きになろうが、早伊原にとやかく言われる筋合いはない。しかし、何と答えるべきか迷う。

この答え次第では、たぶん、何かが二度と手に入らなくなる。それは、大切なものかもしれない。僕がずっと欲しがっていたものかもしれない。

姉は、大切なものを大切に扱うには力が必要だと言った。つまり、力があれば全てを大切に扱える。でも、僕は姉ではない。

何かを手に入れるためには、何かを捨てなくてはいけない。両方を手にすることはできない。僕は、全部を大切にできるほど、器用ではない。

小学生の頃。あの時僕は、荒木たちと仲良くして、上九一色の悪口に賛同しつつ、上九一色と仲良くすることもできた。そういう選択もあっただろう。そうすれば、何も捨てずに済む。両方を手に入れられる。

でも、そうしたら、本当の友人なんて、一人もできなかっただろう。本物なんて、一つも手にできなかっただろう。僕は何もかもをなくしていたに違いない。僕は姉とは違う。それはもう十分に分かっている。僕は最初から、どちらかを選ぶしかなかった。

荒木と仲良くして、多くの友人に囲まれた。スクールカーストも、以前よりだいぶ上がった。それで楽しい小学生時代を送った。そこに本物の一瞬もあった。

偽りから出た本物だ。代償として僕は確かに大きなものを失った。そして今になって、それを取り戻そうともがいている。取り戻すためには、捨てなくてはいけない。

自分が納得するために。

「……僕、……」

誰かの期待にこたえようとする姿。そんな会長はかっこよくて、憧れた。でも、僕は、会長のほとんどを知らない。

付き合い始めたら、そうではない会長の姿が見られるようになるのだろう。僕はそんな会長のことを、好きでいる自信もあった。

——でも。

僕は、間違えたのだ。

「葉月先輩……」

会長が、頬を染めて、恥ずかしそうに僕を見る。その表情が、僕を絶望へと導く。

会長が辞めると言い出し、僕は会長のことを理解しようと奮闘した。自分なりに満足のいく答えにたどり着くことができた。

でも、違うのだ。

会長が辞めたかったのは、僕と距離を取るためだ。

期待に応えたいから。僕が導き出した答えは、ズレていた。会長のことを、僕は理解できていなかった。

それが、僕と会長を大きく隔てている気がしてならない。

「……私、これからはちゃんと、自分、見せるから」

「…………」

その一言で、不安はすっとなくなった。

これから付き合えば、もっと会長のことを理解できるようになるのだろう。隔たりはなくなっていく。

そこに、僕が求めていた青春の日々が、あるのかもしれない。

この告白を受けよう。

喉から出かかった言葉が、しかし、冷静な自分によって止められる。

この状況。一つ間違えれば、こうはならなかった。そこには会長に近づこうとした僕の努力がある。ようやっと、ここに辿り着いた。

……でも、答えは違った。

どうしてだ？　僕はもう決して間違わないように、慎重に行動したし、信頼している協力者だっている。

だから、間違えることが、そもそもおかしいのだ。

「……会長、すみません。一つ、聞きたいのですが」

「なに？　何でも答えるよ」

「……会長は、今年、千川花火大会に行こうと思ってましたか？」

会長はその質問に、困惑しているようだった。

「いや、今年は受験だから、最初から行くつもりはなかったけど……」

「そうで、すか……」

「でも、なんで……、えっ……春一くん……？」

会長が僕を心配そうに見ている。その姿が、ぐにゃりと歪んで瞳に移る。

早伊原樹里、お前は一体どういうつもりなんだ。

彼女は、最初から、こうなるように仕向けていた。僕と最初から、別れるつもりだったのだ。そして、僕と会長が付き合うのを待っていた。

どうして、そんなことをする。

君は、謎が好きなんじゃないのか？『体質』を持っている僕が必要なんじゃないのか？真実だけを見ていたいんじゃないのか？

君にとって、その日々が青春なんじゃないのか？

おそらく、僕の思っている通りだ。

早伊原は真実を捨てることにしたのだ。毎日を偽りの中で生きていこうと決意した。

僕と、自分の姉のために。

その結果、早伊原自身には救いはない。

君は、そんなことする人間じゃないだろう？

「……」

そして、思う。

僕にとって、人生で唯一と思える人間は誰だ？

僕と分かり合って、本当の意味で通じ合えると期待する人間は、誰だ？

そう問うて浮かんだ人物は、会長ではなかった。

この気持ちのまま会長と付き合うのは、不誠実だ。

「…………ごめんなさい」

深々と頭を下げる。心が痛むけど、でも、どうしようもない。

「僕には、どうしても、助けたい人がいるんです」

それが、早伊原葉月ではない。自分でも愚かだと思う。

青春したい。僕がずっと望んでいたことなのだ。しかし今、自らその日々を拒否している。

「……そっか」

会長はそう言って、ゆっくりと涙を流した。

エピローグ

会長と別れ、すぐに生徒会準備室に向かう。生徒会室を開けた瞬間、本を読んでいた早伊原が驚きの視線で僕を見る。しかし、すぐに視線を落とした。自分の感情を隠そうとしているのだろう。

僕は無言で、早伊原の正面、いつもの位置に座る。そして、わざとらしく、今思い出したかのように言った。

「あ、そういえば早伊原、何とかなったよ。もう大丈夫だろ」

「そうですか」

早伊原は本から視線を動かさずにそれだけ言う。

「なんだよ早伊原、随分と無口なんだな」

「疲れてるだけですよ。授業をサボるとか、どれだけ精神疲労がかさむか分かっているんですか」

「君、嫌がる僕に学校サボらせて一緒に出掛けたことあるだろ」

七月のことだった。彼女はずいぶんと楽しそうにしていた。

会話はそれだけで、僕も読書にうつる。開いた窓から流れてくる風が、青臭い。しかし、その中に花の良い香りがする。以前の僕なら感じられなかったものだ。

十分ほど本を読んでいると、早伊原がちらりと僕を見てくる。僕はそれほど本に集中していなかったので、彼女に視線に気が付いた。

「今日、何時に帰る？　僕は買い物があるから早めに切り上げるつもりだけど」

彼女は戸締りを面倒くさがる。僕が後の時は僕がするのでいいのだが、先に帰ろうとすると、共に出てきて、結局一緒に帰ることになる。彼女にも予定があると思って声をかけたのであった。

「そうですか、それなら私は後に出ますね」

「一緒に出ないのか？」

「ええ」

初めてのことだった。彼女はちらりと僕の様子をうかがう。その視線の意味を、僕は知っていた。そろそろいいだろう。

「僕がここにいるのがそんなに変か？」

早伊原はそれに無言だった。

「もう全部、分かってるから。無駄なあがきはよせよ」

「何のことですか」

「花火大会の日、会長は最初から行くつもりじゃなかった」

「…………」

「あれは君の作り話だ。もう会長に確認もとった」

早伊原は逃げることをやめた。机に両肘をついて、本で顔を隠す。目だけをひょっこりと出して、僕を見ている。目だけでは表情がいまいち分からない。

彼女はすぐに本をどける。現れたのは、あきれ顔の彼女だった。

「先輩……なにやってるんですか」

「君にとやかく言われる筋合いはない」

早伊原の策に完全に気が付いたのは、ここに歩いてくる途中だった。

「君、よくやるよ、ほんと」

「どうして、ですか。馬鹿なんじゃないですか」

「君にこそ言ってやりたいよ」

本当に馬鹿だ。

「これ、心からの罵倒なんですけど」

早伊原は未だに興奮がさめぬようで、やたらと僕に突っかかってくる。

「姉は告白しなかったんですか？」

「いや……」

もう僕らの間に、推理の確認はいらない。お互い、何をしたのか、簡単に予想がつく。

まず、僕が会長に違和感を覚えた最初の出来事。それは、千川花火大会での早伊原の一言が原因だ。それがなければ、僕は会長の変化に気が付かず、今のようにはなっていなかっただろう。

早伊原が言った、千川花火大会に当日、急に来なくなった、というのは嘘だ。会長は最初から行く予定なんてなかった。早伊原はそうやって僕に謎を植え付け、注意のベクトルを会長へと向けさせた。

そして、過度なスキンシップ。僕が自分の心に嘘をつかないという方針になってから、僕がそのスキンシップを嫌がり、疑問に思うようになって、関係を見直すだろうと考えた。そして僕はそれにまんまとはまった。早伊原に、偽装恋人関係をやめるように告げた直接の原因だ。

早伊原はそうやって準備をしていた。

「姉さんは、春一先輩にしか、救えません。それに、先輩だって……」

早伊原らしくない素直な表情で僕を見る。

「……………」

早伊原は、僕と会長を付き合わせようとしていた。そうして、会長を救わせたかったのだ。だけど、僕がそれに反した。早伊原は不満そうに言う。

「どうして受けなかったんですか」

「……どうして君にそんなことを言わなくてはいけない」

ここで付き合うのは、自分への偽りだからだ。ここで会長を助けたとしても、僕の本心はそこにはないのだ。

僕には、会長以上に知りたい人がいた。

「なんですか、それ」

早伊原の機嫌を損ねてしまったか、とも思ったが、表情を見る限り、そこまで深刻ではない。

「会長は僕がいなくたって、大丈夫だ。早伊原が思っているほど、弱い人じゃない」

都合の良い解釈かもしれない。でも、僕の言葉は、会長の心に届いたと信じたい。自分を少しでも前に出すようになれば、幾分か楽になるに違いなかった。

早伊原樹里。

僕が唯一だと思う人。きっとこれは恋心なんかではない。友情でもない。

僕の欲しいものを、早伊原が持っている、ただそれだけなのだろう。だけど、僕が欲しいものは、たぶん早伊原しか持っていなくて、それが重要だ。

早伊原は、僕と会長のために、自分の本当に欲しかったものを捨てようとした。僕と早伊原は、まったく分かり合えない。考えも違うし、価値観だって違う。それによる衝突は絶えない。でも、ルーツは同じなのだ。

「なあ、早伊原」

甘んじようとは思わない。

言うべきか、言わざるべきか、ずっと悩んでいた。

僕は、早伊原に本物を求める。僕の生活の全てが偽物であっても、早伊原といるときだけは本物でありたい。言葉では嘘ばかりついていて、偽っているけれど、でも、早伊原に対して心で嘘をついたことは一度もない。

そして、君にもそうであってほしい。

君といる時間は貴重だ。僕はそう感じている。きっと、いつになっても、この生活を思い出すような、そんな時間になるだろう。そう思ったからこそ僕はこれを書いている。

「君の日記あるだろ」

「あれがどうかしましたか?」

早伊原の日記。あれは、五年前の夏休みの出来事がつづられていた。桜田という友人と、毎日遊ぶという、小学生らしい内容だった。

「千川花火大会の日のことが書いてあった」

どこの屋台を回って、あそこのは絶品だとか、花火はどの色がきれいで、最後のが一番大きいだとか、夜遅くまで遊んだ内容がことこまかに書いてあった。

君の真実が、どれだけ辛いことであっても、それでも、僕は君を理解したい。これは僕のエゴだ。もしかしたら、これが終止符を打つことになるかもしれない。

それでも、この時間が無意味ではないと証明するために、僕は君に踏み込む。

「……でも、五年前は、花火、上がってないだろ」

「そうですね」

早伊原は淡々と返す。

「……なあ、この日記って……全部」

全部。

夏休み、約一か月分、すべて。

「君の……創作なんじゃないのか？」

早伊原の過去を調べると決めたあの日から、僕は少しずつ彼女の真実に近づきつつあった。そしてこれは、大きな収穫であり、進歩だろう。

僕は早伊原の様子を確認する。

「……」

彼女はただ、いつものように張り付けた笑顔で、こちらを向いていた。

「よく気が付きましたね」

僕がこれを早伊原に言うか悩んでいたのは、これを言ったら早伊原との関係が変わってしまうのではないかと思っていたからだ。このバランスを、僕たちは続けてきた。崩れたら最後、二度と元には戻らないだろう。

「どうしたんですか先輩、私に距離を置かれるとでも思っていたんですか？　かわいいですねぇ」

彼女は足を組んで、僕を見下ろすように顎をあげた。

「その通りですよ。これは私の創作です」

「これは、君の……」

憧れていた青春なんじゃないか？

「親を安心させるために書いたものですよ。子供も楽じゃないんです」

そう言って彼女は微笑んだ。

「本当か？　僕は、君の幻想を見させられているんじゃないのか……？」

「違いますよ、私は本物です。先輩がよく知っているでしょう？」

早伊原は、僕が想像した笑顔をなぞるように、微笑む。

「私は自分を偽ったりしませんよ。先輩がいつも勝手に勘違いするだけです」

「勘違い、か」

今回は、結局これにすべて縛られていたのかもしれない。誰もが会長を勘違いしていた。近くにいた僕でさえも、その勘違いを解くのは難しかった。

「先輩はどうやら、その人が偽りさえしなければ、その人の本当を見られると思っているみたいですが、そんなことないんです。人は、外見や雰囲気、立場などでその人を見たいようにしか見なくなります」

それは違うと否定したかった。だけど、そう言えなかった。上九一色は、自分の演出の仕方で、今までうまく歩んできた。会長は、皆が自分に寄せる期待、そのものであろうとした。偽っているのは、皆が自分を見ようとしてくれないからではないのか？

「私が偽らなくても、先輩は一生、私のことなんか、理解できませんよ」

彼女はそう言い切る。

「そう思ってろ。それを否定してやるから」

挑発だろうと思って受けたが、彼女の本意はそこにないようだった。

「先輩は、誰一人として正しく人を見られていないんです。誰かを理解したことなんて、ないでしょう？」

「そんなことはない。時間を重ねて、自分をさらけ出して、一緒にいれば……そこに本物は生まれるだろ。僕はそいつをきちんと理解できるようになるはずだ」

早伊原は身を乗り出して「本当に？」と尋ねてくる。

「じゃあ、例えば、浅田先輩のこと、正しく認識してると言い切れますか？」

「もちろんだ」

浅田とは、入学してからずっと一緒にいる。今回も彼は、苦しんでいる僕に気が付き、早伊原に伝えてくれた。僕らの間に本物がなければ、こういうことはできない。

「まぎれもない、浅田は僕の親友だ」

「へえ……」

彼女がなめるように僕を見る。

「なんだよ。君だって、僕と浅田の仲は知ってるだろ」

「話は変わりますが」

いつも通り、急だった。

「先輩の体質の原因って、なんでしたっけ？」

「え？」

どうしてそんなことを今さら聞いてくるんだ。知っているだろうに。

「直接の原因は、誰かの財布が僕の机の中に入っていて、それを僕が盗んだってことになったことだけど」

入学してすぐの話だった。辻浦につながっている人物の仕業だ。

早伊原は立ち上がり、僕の隣の席に移動する。

「ねえ、先輩。誰がやったんでしょうね？」

「知らないし、興味ないよ。……何だよ、今さら」

今さら。このタイミングで。

冷や汗がどっと噴き出る。体温が急激に下がったように感じた。それに反して頭は熱い。僕の頭を支配している考えは最低で、だからこそ否定したい。その訳を必死に探す。だけど、見つかるはずもない。僕はその件について、まったく調べたことがないからだ。

「どうして私は今さらこの話を持ち出したんでしょうね？」

早伊原の雰囲気が黒く変わる。

彼女は、何を知っているんだ？

「話を戻しますが」

早伊原は僕の肩に手を置いて、耳元で囁いた。

「先輩は、どうして浅田先輩が、そんなに仲良くしてくれるのか、疑問に思ったこと、ないんですか？」


本書は新潮文庫のために書き下ろされた。

デザイン　川谷康久（川谷デザイン）

謎《なぞ》好《ず》き乙女《おとめ》と偽《いつわ》りの恋心《こいごころ》

新潮文庫　せ－17－3

平成二十八年二月一日発行

著者　瀬《せ》川《がわ》コウ

発行者　佐藤隆信

発行所　株式会社新潮社

郵便番号　一六二—八七一一
東京都新宿区矢来町七一
電話　編集部（〇三）三二六六—五四四〇
読者係（〇三）三二六六—五一一一
http://www.shinchosha.co.jp

価格はカバーに表示してあります。

印刷・錦明印刷株式会社　製本・錦明印刷株式会社

ISBN978-4-10-180058-5 C0193